Daniel A. Kempken

BECKMANNS FLUCH

13 Horror-Stories

AF216559

© 2023 Daniel A. Kempken, Berlin

Herstellung und Verlag: BoD – Books on Demand, Norderstedt

ISBN: 978-3746035727

VORWORT

Dieses Büchlein ist die Fortsetzung von „Ein Fest geht zu Ende". Dort fand der Schriftsteller Gerald Beckmann scheinbar ein schreckliches Ende, erdolcht von einem Mönch, der glaubte, der Schreiberling wolle dem Tod ein verbotenes Geheimnis entlocken. Doch was ist schon Wirklichkeit, was ist Schein? Beckmann lebt. An der Nordküste von Honduras wird er mit einem Fluch belegt. Der Schriftsteller wird verdammt, weitere Horror-Stories aufzuschreiben, die in ihm ruhen. Sein Psychotherapeuth glaubt, nur durch die Formulierung seiner mysteriösen Vorstellungswelt könne es Beckmann gelingen, seinen vermeintlichen Mörder in die Parallelwelt der Schizophrenie zu verbannen und ihr selbst zu entkommen. Der Schriftsteller macht sich an die Arbeit. In Honduras, auf Teneriffa und Gran Canaria, in Costa Rica und Ecuador passieren mysteriöse Dinge, die dem gesunden Verstand nicht zugänglich sind. In Berlin kommt es schließlich zum Showdown mit dem Mönch.

Daniel Kempken

Inhalt

Beckmanns Fluch

Ein Gruselspiel in 5 Akten

Ouverture

Trujillo, Honduras, 6.6.2021, 0.06 Uhr

Neben Beckmanns Bett steht ein Mönch. Seine Kutte ist hartweiß; sein Gesicht ist nicht zu erkennen. Grausame, eisgraue Augen starren aus dem Schlitz in der Kapuze. Der Gottesmann lacht gefährlich leise. Dann zieht er einen blitzenden Dolch aus seinem Umhang und nuschelt:
„Diesmal wirst du mir nicht entrinnen!"

Beckmann wird wach. Er springt schweißgebadet aus dem Bett und scanned den unwirklich beleuchteten Raum mit irren Blicken. Das einzige Lebewesen, das er entdeckt, ist ein gelbgrauer Gecko in der Ecke des Raums. Der Gecko mustert ihn mit farblosen Augen. Beckmann sinkt zurück auf sein Bett. Draußen kläfft sich ein panischer Hund die Zunge aus dem Maul.

Mit zittrigen Händen fingert der Schriftsteller an der Nachttisch-Schublade herum. Sein Psychotherapeut hatte ihm in mehr als 50 Sitzungen erklärt, dass es den Mönch mit den eisgrauen Augen nicht gibt, wenigstens nicht so wirklich. Haldol sei in der Lage, den Dämon zu vertreiben; er müsse das Medikament nur regelmäßig einnehmen.

Beckmann hat die Tablette aus der Aluminiumlasche genestelt. Die feuchte Tropenhitze ist unerträglich. Seine Bewegungen sind fahrig, das Wasserglas zerschellt auf dem gefliesten Boden. Auf dem Tisch hinten in der Ecke, wo eben der Gecko mit den scheintoten Augen hockte, steht noch eine Flasche mit stillem Wasser. Der Schriftsteller tritt in die Scherben, zieht eine Blutspur hinter sich her. Endlich gelingt es ihm, die Pille zu schlucken. Glitzernde Scherben, transparent schimmerndes Wasser, leuchtend rotes Blut, unkörperliches Licht. Beckmann wickelt sich ein Handtuch um den verletzten Fuß und lässt sich wieder auf das Bett fallen.

Der Schriftsteller wartet darauf, dass die Tablette wirkt. Langsam lässt das Herzrasen nach. Das unwirkliche Licht verwandelt sich nach und nach in den schlappen Schein einer verschmuddelten Ökobirne, die ihrem Lebensabend entgegenfunzelt. Der Schnitt am Fuß ist klein und harmlos.

Beckmann geht auf den Balkon und raucht eine Zigarette. Ein leichter Windzug lässt die schwüle Hitze etwas erträglicher werden. Er betrachtet den breiten Asphaltstreifen, der völlig deplatziert vor dem Hotel Christopher Columbus in der Landschaft liegt und der Umgebung ein surreales Gepräge gibt. Eine Landebahn ohne Terminal, ohne Kontrollturm und ohne Hangars – ein idealer Landeplatz für Außerirdische. Beckmann beobachtet, wie funkelnde Sterne ihre Bahnen durch den nachtschwarzen Himmel ziehen. Der Mond schimmert in einem aufgepinselt wirkenden, intensiven Orangeton. Er bildet eine scharfe Sichel, die auf einem imaginären Boden liegt; das unwirkliche Gestirn scheint auf seiner unsichtbaren Unterlage hin und her zu schwingen. Wolken schieben sich vor den Schaukelmond. Das Schwarz der Nacht wird zu einem toten Grau.

Beckmann lässt die letzte Sitzung bei Dr. Geist Revue passieren. Sein bezahlter Freund hatte ihm eindringlich geraten, auf die Wirkung des Psychopharmakons zu vertrauen – er hatte aber aber auch gesagt:

„Die Tabletten alleine werden Ihnen nicht helfen. Schreiben Sie weiter! Wenn Sie das Bild des grausamen Mönches loswerden wollen, müssen die ganzen Geschichten aus Ihnen raus."

„Und wenn die Geschichten wieder niemand liest?"

„Der Teufel wird Ihre Geschichten lesen."

„Das klingt wie ein Fluch."

„Wenn Sie so wollen", entgegnete der Therapeut. Sein starrer Blick durchbohrte den Schriftsteller. Dann stand der Therapeut auf und humpelte aus dem Raum. Die Sitzung war beendet.

Leise, fast unhörbar öffnet sich die Tür zu Beckmanns Hotelzimmer. Der Mönch mit den eisgrauen Augen schleicht sich unbemerkt zum Nachttisch. Er tauscht das Haldol gegen ein völlig identisch aussehendes Placebo aus. Der Mönch ver-schwindet genauso leise wie er gekommen war. Draußen kläfft wieder der Hund. Diesmal klingt es wie das überspannte Lachen eines Verrückten.

Beckmann drückt seine Zigarette aus. Dann geht er zurück in sein Zimmer und nimmt noch eine Tablette.

1. Akt – Das Konsulat

Das verschlafene Städtchen Trujillo an der Nordküste von Honduras war von 1920 bis 1950 einer der größten Bananenhäfen der Welt. Im Hinterland des Ortes lagen die riesigen Plantagen der United Fruit Company. Banane bedeutete Geld, und wo Geld ist, muss auch die Politik sein. So wurden in Trujillo Konsulate der USA, Großbritanniens, Spaniens und auch Deutschlands eröffnet – und in den 1950er Jahren wieder geschlossen, als der Bananenboom vorbei war.

Beckmann bleibt vor dem Gebäude des ehemaligen deutschen Konsulats stehen. Er kann sich ein Lächeln nicht verkneifen. Der wurmstichige Holzgiebel des heruntergekommenen Hauses hat tatsächlich eine Art Kuckucksuhr-Design.

Aus dem Hauseingang schießt ein schwarzer Schatten. Der riesenhafte Kampfhund hält mit einem schrecklichen Brüllen direkt auf die Kehle des Schriftstellers zu. Beckmann taumelt zurück. Das Tier röchelt und sackt plötzlich auf alle Viere zurück. Der grausige Hund hängt an einer Leine. Die Leine schnürt dem wutschnaubenden Vieh die Kehle zu. Es starrt Beckmann aus milchig toten Augen an.

Aus dem Eingang des vor vielen Jahren gestorbenen Konsulats tritt ein muskelbepackter, tätowierter Hüne. Auf dem kahlrasierten Schädel prangt ein Totenkopf, auf der linken Backe ein stilisiertes Hakenkreuz mit Schlangenköpfen. Der widerliche Kerl nuschelt in kaum verständlichem Karibik-Spanisch:

„Keine Sorge, der ist ganz ruhig."

Der Hund fletscht die Zähne und zerrt wie verrückt an der Leine. Beckmann zittert am ganzen Körper. Das ist der Höllenhund seiner schlimmsten Träume.

„Komm jetzt, Kasimir, ist gut jetzt, du kannst ihn später ...", der Tropennazi hält inne und mustert Beckmann mit kalten, ausdruckslosen Augen. Der Kampfhund scharrt ungeduldig mit den Krallen und faucht gefährlich wie ein wütender, gerade eben eingefangener Jaguar.

„... du kannst ihn später noch töten." Der Tätowierte streichelt dem fauchenden Tier über den Kopf und lacht. Es ist ein dreckiges, überhebliches Lachen.

Beckmann rennt los, die Straße hinunter. Eine Gruppe von Kreuzfahrt-Touristen versperrt den Weg. Der Schriftsteller weicht aus und gerät auf die Fahrbahn. Bremsen quietschen. Beckmann landet auf der Motorhaube eines altersschwachen

Kleinwagens. Die Touristen starren entgeistert auf die filmreife Szene. Der Fahrer springt mit einem gezückten Revolver aus seiner verbeulten Karre und schimpft wie ein Rohrspatz. Beckmann rappelt sich auf und stammelt:

„Entschuldigung."

Standbild. Ein bedrohliches Standbild. Endlich lässt der wütende Fahrer ganz langsam seine Waffe sinken. Der Reiseleiter redet belanglos auf seine Gruppe ein. Beckmann blickt hektisch nach rechts, nach links, die Straße hinauf. Der Hüne und sein Höllenhnud sind nirgends mehr zu sehen.

„Entschuldigen Sie bitte."

Der Besitzer des Autos schüttelt mit dem Kopf. Schließlich steigt er wieder ein und mutet dem krachenden Getriebe seines Gefährts mit aufheulendem Motor den ersten Gang zu. Die Touristen machen hektisch Fotos von dem verrückten Szenario, manche mit offenem Mund. Dann hören sie auf ihren Reiseleiter und betrachten andächtig die historische Fassade der katholischen Kirche. Jetzt ist Trujillo wieder jene verschlafene Kleinstadt mit großer Geschichte, die sie seit Menschengedenken vorgibt zu sein.

Beckmann will bloß noch zurück in sein Hotel. Er lässt sich in das nächstbeste Taxi fallen. Der Taxifahrer öffnet seinen zahnlosen Mund und blickt den hektischen Fahrgast fragend mit blutroten Augen an. Beckmann zuckt zurück, doch ihm fehlt die Kraft, um wieder auszusteigen.

Er stammelt: „Hotel Christopher Columbus."

Der Albino mit dem hohlen Mund nickt und fährt los. Er schweigt mit finsterer Miene und steuert sein klappriges Gefährt über die Auswahlstraße zu der seltsamen Landepiste, die hinter dem Hotel entlang läuft. Die Einheimischen nennen den Flughafen, der keiner ist: Oliver North-Piste. Die Amerikaner haben die Piste vor mehr als 30 Jahren angelegt; für den Contra-Krieg gegen die Kommunisten in Nicaragua. Vor dem Eingang des Hotels steigt der Taxifahrer so unvermittelt in die Bremsen, dass Beckmann fast in die eh schon gesprungene Frontscheibe fliegt. Der Albino lacht dreckig und betrachtet den Schriftsteller abfällig aus seinen blutroten Augen.

„Ihr Gringos solltet besser verschwinden!"

Beckmann hat kein Kleingeld. Er gibt einen großen Schein und wartet zitternd auf sein Wechselgeld. Für einen Moment sieht es so aus, als ob jemand eine 300 Watt-Lampe hinter den roten Augen des Albinos angeknipst hätte. Dann verengen sich seine Pupillen zu einem senkrechten Schlitz. Aus dem leuchtenden Rot wird ein böses Gelb.

„Ich kann nicht wechseln!"

Die Worte verwischen zu einem boshaften, agressiven Fauchen. Beckmann reißt die Beifahrertür auf und springt aus dem Auto. Aus dem Fauchen wird ein brüllendes, höhnisches Lachen, so laut, dass Beckmann es noch in der Hotelhalle hören kann. Der Wachmann verzieht keine Miene; er hat nichts gehört.

Beckmann wird zitternd wach. Haldol, Zigarrette auf dem Balkon, noch eine Haldol-Tablette. An Schlaf ist nicht mehr zu denken. Schließlich setzt er sich an den Tisch und schreibt seinen Alptraum und zwei weitere Geschichten auf, die in ihm schlummern. Er folgt dem Rat des Therapeuten. Die Wahnbilder müssen aus ihm raus.

2. Akt – William Walker

Es ist ein herrlicher Tag; eine leichte, von der See kommende Brise macht aus 30 Grad Celsius ein perfektes Ferienwetter. Beckmann lächelt vor sich hin. Heute kommt ihm der Kampf gegen seine inneren Dämonen fast wie ein Kuraufenthalt vor. Die Mystery-Stories sind quasi aus ihm herausgeflossen. Eigentlich fehlte nur noch ein zärtlicher Kurschatten, um die Genesung zu beschleunigen. Beckmann geht auf den steinernen Torbogen der Santa Barbara Festung zu. Im Hintergrund ein Himmel in azur über einem nur ganz leicht gekräuselten, tiefblauen Meer. Die schweren, mehrere Hundert Jahre alten Kanonen sind auf einen unsichtbaren Feind am Horizont gerichtet, so unsichtbar wie die Wahnbilder in Beckmanns Innerem.

Der Schriftsteller betritt das kleine Museum, in dem die wichtigsten Stationen der wechselvollen Geschichte Trujillos dokumentiert sind. Die erste Hauptstadt von Honduras entwickelte über die Jahrhunderte eine fast schon magische Anziehungskraft für Glücksritter und schräge Typen.

Fasziniert bleibt Beckmann vor der Schautafel über William Walker stehen. Der amerikanische Freibeuter mit den eisgrauen Augen war davon besessen, ein eigenes Land zu regieren. Dieser Verrückte hatte es durch Einflussnahme der USA und durch Mauscheleien tatsächlich geschafft, für zwei Jahre Präsident von Nicaragua zu werden. Doch 1857 wurde er zum Teufel gejagt. Walker startete einen weiteren Versuch und ging 1860 mit neuen Eroberungsplänen in Trujillo an Land. Doch die Honduraner hatten aufgepasst und machten kurzen Prozess. Walker wurde festgenommen und am 12. September desselben Jahres füsiliert.

Es heißt, dass von seinem Grab auf dem alten Friedhof von Trujillo noch heute ein seltsamer, böser Zauber ausgeht. Manche sagen sogar, dass ein Fluch auf der Grabstätte des Freibeuters liege. Walker starrt Beckmann mit seinen eisgrauen Augen an. Der Schriftsteller will gehen, doch er bleibt wie angewurzelt vor der

Schautafel stehen. Er kann sich nicht von dem besessenen Blick des vor mehr als 150 Jahren verstorbenen Verrückten lösen. Es sind die Augen des Mönchs, der Beckmann verfolgt.

Ein ohrenbetäubender Knall. Beckmann fährt herum. Hinter ihm steht ein unbekannter Mann in einer Uniform.

„Verzeihen Sie, der Herr, ich wollte Sie nicht erschrecken."

„Haben Sie den Knall nicht gehört?"

„Welchen Knall?" Ein unschuldiger, fragender Blick in den Augen des Museumswächters. Beckmann schweigt konsterniert.

„Ich möchte Sie darauf aufmerksam machen, dass unser Museum jetzt schließt."

Der Schriftsteller schweigt und verlässt den Raum. Als er ins Freie tritt, geht das Kanonenfeuer erst richtig los. Die historischen Geschütze der Festung feuern mit Donnerknall eine ganze Salve über das Meer. Rauch steigt auf.

Auf dem Platz vor dem Museum bieten ambulante Händler Kaugummis, Zigarretten und Softdrinks an. Auf den Bänken sitzen Mütter und beobachten ihre herumtollenden Kinder. Der Verkäufer von dem kleinen Andenkenlädchen will Beckmann irgendetwas anbieten. Ein anderer fragt in geradebrechtem Englisch:

„What country are you?"

Beckmann stottert:

„Wa ... warum schießen die aus den Kanonen?"

Die Leute schauen Beckmann entgeistert an. Einige schütteln den Kopf. Ist dieser Gringo verrückt? Niemand hatte etwas gesehen oder gehört.

3. Akt – Der Spiegel

Seine Zimmertür ist nur angelehnt als Beckmann zurück ins Hotel kommt. Er bleibt stehen und lauscht. Draußen kreischt eine Möwe. Aus dem Zimmer dringen Stimmen auf den Flur; ein Rascheln, Geräusche, die er nicht einordnen kann. Beckmann weicht von der Zimmertür zurück. Angst verengt seine Kehle, beschleunigt seinen Herzschlag. Ruhig bleiben! Er dreht sich vorsichtig um. Dann läuft er so leise und so schnell wie er kann den Gang entlang, die Treppe hinunter zur Rezeption.

„Da sind Leute in meinem Zimmer!"

Die hübsche Rezeptionistin mustert den seltsamen Schriftsteller mit ihren braunen Kulleraugen:

„Keine Sorge, Señor, das sind sicher die Zimmermädchen."

„Hm", Beckmann ist verunsichert, weiß nicht, was er sagen soll. Die junge Frau überbrückt sein Schweigen mit einem langen, gutmütigen Lächeln. Beckmann ordnet seine Gedanken. Schließlich sagt er:

„Das waren Männerstimmen."

„Oh!"

„Sorgen Sie sich nicht, Señor", meldet sich ein Kollege von ihr weiter hinten in der Rezeption, „wir haben Handwerker im Haus. Die installieren gerade in Ihrem Badezimmer einen wunderschönen, neuen Spiegel, Señor."

Die Rezeptionistin bestätigt dies mit einem wissenden Blick aus ihren treuen Augen.

Beckmann schaut in den neuen Spiegel. Seine Pupillen sind von einem leuchtenden Quadrat eingerahmt. Er schreckt zurück. Sein Herz klopft. Er kann sich nicht von dem Anblick lösen. Endlich fällt ihm auf, dass das Quadrat nur die Reflektion der modern designten, in den Rahmen des Spiegels eingelassenen Badezimmerbeleuchtung ist. Er schließt die Augen und entspannt.

Als er die Augen wieder öffnet, ist das Quadrat um seine Pupillen wieder da. Klar! Plötzlich wechselt das Quadrat seine

Farbe. Weiß ... gelb ... rosa ... violett ... grün. Die Farben changieren immer schneller, dann wieder langsamer ... karminrot ... Ferrari-rot ... blutrot. Das Blutrot bleibt. Blut läuft aus Beckmanns Augen über die Wange auf die Lippen. Sein Mund öffnet sich, seine Zunge ist schwarz und schmeckt Eisen. Panik. Beckmann rennt aus dem Badezimmer und wirft sich aufs Bett. Er streicht sich mit dem Finger über die Backe. Kein Blut, nichts.

Nach einer Viertelstunde traut er sich, ganz vorsichtig, wieder in den Spiegel zu schauen. Vorsichtshalber nimmt er den alten, verschossenen Spiegel, der neben dem Sofa hängt. Seine Augen sind wieder völlig normal.

Beckmann fährt seinen Laptop hoch. Endlich, eine Nachricht seines Therapeuten:

Lieber Herr Beckmann,

vielen Dank für Ihre mail. Ich versuche, Ihnen auch über die große Distanz zwischen Berlin und Honduras so gut wie möglich zur Seite zu stehen.

Ich habe länger über die Schilderung Ihrer Erlebniswelt nachgedacht und auch die Fachliteratur über die Wirkung des Ihnen verschriebenen Medikaments noch einmal konsultiert. Die von Ihnen dargestellten, schlimmen Erscheinungen möchte ich in keiner Weise hinterfragen, auch wenn sie nach allen bisherigen wissenschaftlichen Erkenntnissen bei der Einnahme von Haldol in der verschriebenen Dosierung eigentlich ausgeschlossen sein sollten. Mein Rat ist daher, die vereinbarte Medikation unbedingt und genau einzuhalten. Über das kurz angesprochene Ausschleichen der Arznei werden wir dann zu einem späteren Zeitpunkt sprechen.

Da es sich bei Haldol um ein kostspieliges Medikament handelt, ist es in Ländern mit einer unzureichenden Arzneimittelüberwachung verschiedentlich dazu gekommen, dass verantwortungslose Apotheker den Patienten Placebos gegeben haben. Könnte das auch in Honduras passiert sein?

Auf jeden Fall bewundere ich Ihre große seelische Kraft im Umgang mit der Psychose und habe Vertrauen in Sie!

Zum Schluß noch ein kleiner Hinweis am Rande, der aber vielleicht hilfreich sein könnte: Nach der Schilderung in Ihrer letzten mail könnte das Grab des Freibeuters William Walker mit einem Fluch belegt sein. Auch wenn derartige Verwünschungen wissenschaftlich nicht belegbar sind, rate ich Ihnen aus therapeutischer Vorsicht dazu, sich diesem Ort nicht zu nähern.

Ich wünsche Ihnen alles Gute und erbitte Nachricht, sobald sich Änderungen in Ihrer Befindlichkeit einstellen.

Ihr Dr. Manfred Geist

Beckmann geht ins Badezimmer. Er meidet den Blick in den Spiegel und schaut sich die Haldol-Tabletten ganz genau an. Keine Auffälligkeiten, die auf eine Fälschung hinweisen könnten. Doch vor seinem inneren Auge erscheint die schmierige, ewig grinsende Visage des Apothekers in San Pedro Sula, der ihm die Tabletten besorgt hatte.

4. Akt – Stadtfest

Die Tropennacht ist sternenklar. Ein greller Vollmond starrt auf Trujillo hinunter. Es gelingt dem dreisten Gestirn, den alten Friedhof so auszuleuchten, dass man einen Film drehen könnte. Schiefe, vom Zahn der Zeit zerfressene Kreuze recken sich dem Mond entgegen. Weiter unten im Dorf spielt eine schräge Blechkapelle – heute ist Stadtfest.

Drei Halbstarke im Lendenschurz kommen aus der unverputzten Baracke am Ende der Friedhofsmauer. Ihre Körper sind mit glänzendem Schweröl eingeschmiert; die Gesichter hinter grausigen Masken. Sie tänzeln an der Mauer entlang in Richtung Dorfkern. Schau machen, Leute erschrecken und ein paar Lempiras einsacken, das ist der Plan.

In der Höhe des mächtigen, steinernen Friedhofstors stellt sich ihnen ein Mönch in einer mausgrauen Kutte in den Weg. Er mustert sie mit eisigem Blick. Das Lachen der Jungen verstummt. Der Mönch breitet die Arme aus als wolle er das gruselige Dreigespann segnen. Dann zeigt er hinunter zum Dorfkern, wendet den Kopf zum Friedhof und reckt seine knorrige Hand durch das Tor einem der Gräber entgegen. Er erklärt den Halbstarken, was zu tun ist. Die drei nehmen ihre Masken ab und nicken. Der Mönch hält ihnen ein Bündelchen kleiner Geldscheine unter die Nase. Der Mittlere will zugreifen, doch der Mönche zieht seine Hand zurück.

„Gemach, gemach, Jungs! Erst einmal genau zuhören! Ihr macht unten in der Stadt keinen Auftritt, nichts. Ihr sucht nur den Gringo. Wenn ihr ihn in der Menge gefunden habt, folgt ihr ihm in sicherem Abstand. Er wird hierhin zum Friedhof kommen und das Grab von William Walker suchen – das da vorne."

„Kennen wir doch, claro que sí, keine Sorge, Alter."

„Wenn der Gringo vor dem Grab steht, ist euer Moment gekommen. Dann erschreckt ihr ihn, erst dann, keinesfalls vorher! Verstanden?"

Die ölverschmierten Halbwüchsigen nicken.

„Der Schreck muss groß sein, barbarisch, so als hätte ihm der Leibhaftige in den Arsch getreten!"

Sie antworten mit brutalem Grinsen, einer der drei fletscht seine schlechten Zähne.

„Nur keine übertriebene Gewalt", der Mönch grient maliziös. Die Jugendlichen lachen. Das Geld wechselt den Besitzer, „Die 2. Rate gibt's, wenn ihr euren Job erledigt habt."

Der Mönch zieht sich auf den Friedhof zurück. Er kniet vor der Grabstätte von Walker nieder und murmelt ein lateinisches Gebet. Der Mond wirft gespenstische Schatten auf sein Gesicht. Die Ölburschen setzen ihre grausigen Masken auf und rennen johlend die Straße hinunter in die Stadt.

Männer mit Cowboyhüten, Frauen in bunten, engen Kleidern und mit viel Schminke, Kinder in noch bunteren Kostümen. Zuckerwatte und Süßigkeiten für die Kleinen, Bier und Schnaps für die Großen. Köstliche Duftschwaden unzähliger Garküchen wabern durch die Gassen von Trujillo. Die Menschen essen, trinken, schwatzen, lachen, manche tanzen zum aufgekratzten Humtata der Dorfkapellen.

Beckmanns Schritte erinnern an einen Roboter. Das fröhliche Getriebe des Volksfests nimmt er nur verschwommen wahr; er erlebt es wie hinter einem dumpfen Schleier, der ihn von dem feiernden Volk trennt. Zu mächtig ist die innere Kraft, die ihn wie eine ferngesteuerte Aufziehpuppe zu einem ganz anderen Ziel hinzieht, dem Grab von William Walker. Die eisgrauen Augen des Freibeuters müssten vor vielen Jahren erloschen sein. Doch im Museum hat Walker ihn wie ein Besessener angestarrt. Dieser Blick war so lebendig und real, dass er den Schriftsteller zum Friedhof lockte.

Die drei mit Schweröl beschmierten Halbstarken folgen Beckmann in sicherem Abstand. Solange sie die Leute nicht anmachen, fallen sie mit ihren grausigen Teufelsmasken zwischen all den anderen Kostümierten nicht weiter auf.

Am hinteren Ende des Ortskerns tritt eine Mexikaner-Band auf. Sie spielen Narco-Corridos, verherrlichen Drogenbarone mit volkstümlichen Moritaten. Eine arg verbeulte, weiß lackierte Basstuba gibt den Rhythmus vor. Beckmann stakst wie in Trance an der improvisierten Bühne vorbei. Der Song endet mit knallharten, fast ohrenbetäubenden Akkorden, die wie die Salve eines großkalibrigen Schnellfeuergewehrs klingen. Beckmann zuckt zusammen, bleibt unvermittelt stehen. Die Leute klatschen den Mexikanern Beifall; Gemurmel setzt ein. Beckmann schaut sich desorientiert um. Ihm ist, als sei er durch die Maschinengewehr-Salve der Band aus einem bösen Traum erwacht. Verdammt, was war ihm passiert? Wieso wollte er zum Friedhof? Beckmanns Gedanken schlagen Purzelbäume. Dr. Geist hatte ihn doch ausdrücklich davor gewarnt, zum Grab von William Walker zu gehen.

Der Schriftsteller macht kehrt und bahnt sich einen Weg durch die feiernde Menge. Nach einer Weile steckt die heitere Stimmung ihn an. Er kauft sich eine Dose Bier, dann noch eine. Schließlich geht er zurück zum Hotel – mit einem Lächeln im Gesicht.

Die Ölburschen wollen ihm folgen; doch der Mönch stellt sich ihnen in den Weg.

5. Akt – Endspiel

Beckmann bedankt sich bei dem Apotheker. Der betagte Pharmazeutiker hat es tatsächlich hingekriegt Haldol zu beschaffen, hier in Trujillo, einer honduranischen Kleinstadt, die kaum abgelegener sein könnte. Haldol, ein hoch wirksames Psychopharmakon, das er mit Sicherheit nicht aus den seltsamen Pulvern seiner trödeligen Apotheke mischen konnte, die in trüben Gefäßen aus dem vorletzten Jahrhundert ihrer Verwendung harren. Beckmann hat Vertrauen in den Apotheker. Der Alte scheint aus einer Welt übriggeblieben zu sein, in der es noch so etwas wie Berufsehre gab. Dieser Mann fühlt sich für die Gesundheit seines Städtchens verantwortlich; der handelt garantiert nicht mit Placebos.

Beckmann tritt hinaus in die gleißende Sonne und schlendert die unbefestigte Straße hinunter. Rechts und links wackelige Häuser, an denen der Zahn der Zeit seit Jahrzehnten ungestört genagt hat.

Der Mönch hatte in einem der halb zerfallenen Hauseingänge gewartet. Er folgt Beckmann, in gebeugter Haltung und mit schlurfendem Schritt, die Kapuze tief ins Gesicht gezogen. Der Mönch ist besorgt; er muss unter allen Umständen verhindern, dass der Schriftsteller wieder Haldol nimmt. Fast hätte er den auf dem löchrigen Trottoire dösenden Köter nicht bemerkt. Der Mönch macht einen Ausfallschritt. Der abgemagerte Hund springt auf und kläfft, dass Gott erbarmt.

Beckmann fährt herum. Er sieht einen Schatten in die gegenüberliegende Toreinfahrt huschen. Der Mönch? Sein Feind, der ihm in den letzten Tagen nicht mehr erschienen ist? Nein, das kann nicht sein, das darf nicht sein!

Dem Hund ist die Luft ausgegangen. Das Kläffen wird zu einem jämmerlichen Winseln; das verlotterte Tier sackt in sich zusammen und verfällt wieder in seinen Dämmerschlaf.

Der Schriftsteller geht weiter. Er ist auf der Höhe des Hotels O'Glenn, das Hotel in dem O'Henry den berühmten Roman geschrieben hat, der den Begriff der Bananenrepublik prägte. Beckmann ist stolz darauf, fast genauso lange in Trujillo gelebt zu haben wie O'Henry vor mehr als hundert Jahren – und hier geschrieben zu haben, genau wie der berühmte Amerikaner. Beckmann hat sich in dieser bizarren Hafenstadt viele seiner bedrohlichen, in ihm schlummernden Horrorfantasien von der Seele geschrieben. Er schlendert weiter über den Parque Colón. An der gemütlichen Cafetería Vino Tinto schaut die langweilige Statue von Christoph Kolumbus unbeteiligt aufs Meer. Dem Konquistador hat es in Trujillo nicht gefallen. Er kam am 14.8.1502 an und hat kurz darauf schon wieder das Weite gesucht.

Beckmann geht die gebogene Straße hinunter zum Strand. In einer der Tropenbars setzt er sich an einen Holztisch, bestellt ein Bier und blickt durch die tief herunter hängenden Palmwedel aufs Meer, das sich sanft zum Horizont hin kräuselt. Auf dem hellen, feinkörnigen Strand liegt ein blau-weiß gestrichenes Fischerboot. Kondenswasser perlt an der eiskalten Bierdose hinunter. Beckmann fühlt sich wie in einer kitschigen Karibik-Telenovela. Er lächelt entspannt und trinkt an seinem Bier.

Der Mönch sitzt auf dem Mäuerchen hinter der Strandbar. Er greift unter seine Kutte und umfasst den Dolch. Dann lässt er den Dolch wieder los. Beckmanns Tod würde ihm nicht helfen. Der Mönch hängt von den Fantasien des Schriftstellers ab, auf Gedeih und Verderb. Die Placebos, die er Beckmann untergejubelt hatte, waren eine gute Lösung. Doch jetzt muss er die Strategie ändern. Er hat nur noch wenig Kraft und betet zu Gott, dass sein Plan B aufgehen werde.

Beckmann denkt darüber nach, dass Haldol schlimme Nebenwirkungen haben kann. Es wäre gesünder, ohne das

Zeug zu leben. Doch vielleicht ist es zu früh, um das Medikament abzusetzen. Wahrscheinlich ist es besser, erst noch ein paar Gruselgeschichten zu Papier zu bringen; da schlummert noch so einiges in ihm. Beckmann bestellt ein zweites Bier.

Später im Hotel puhlt er eine der Pillen aus der Lasche. Hinter ihm ein Geräusch. Beckmann fährt herum. Die Tür des Hotelzimmers öffnet sich, Zentimeter für Zentimeter. Erst sieht Beckmann nur den unter einer Kutte hervorlugenden Schuh. Das Bein zittert. Endlich tritt der Fuß auf. Wie in einem alten Film, der in verwackelter Zeitlupe gedreht ist, schiebt sich der Mönch in den Raum. Beckmann erstarrt vor Schreck. Es dauert eine gewisse Zeit bis er bemerkt, dass der Mönch am ganzen Leib zittert. Die Stimme des lange Zeit gefürchteten Mannes bebt:

„Bi … bitte, bitte, nimm die Tablette nicht." Der Mönch hat Todesangst. Er fleht den Schriftsteller an:

„Lass mich nicht sterben; ich existiere doch nur in deiner Fantasie – lass mich bei dir bleiben; lass mich nicht sterben, bitte."

Beckmann lässt die Hand mit der Haldol-Tablette sinken. In den eisgrauen Augen des Mönches stehen Tränen; alle Härte ist aus ihnen gewichen. Seine Stimme ist weich wie Samt, sie hat das Timbre eines Verliebten: „Lass uns ein Team werden."

Über dem Hotel Christopher Columbus steht die fahle Sichel des abnehmenden Mondes. Ein riesiger, schwarzer Hund mit milchig toten Augen bellt in die schwüle Tropennacht.

CHECKING OUT

Karge Landschaft, flirrende Hitze. Sergio Ramírez fährt mit seinem Mietwagen über die Südautobahn von Teneriffa. Er muss sich rechts halten, um die Abzweigung nach Puerto de la Cruz zu erwischen. Der Asphaltstreifen macht eine scharfe Rechtskurve – verdammt, Sergio hat sich schon wieder verfahren. Das kleine Auto rollt die Anhöhe hinunter. Ramírez landet in einer Ortschaft namens Añaza. Nie gehört – egal, der Mann aus Barcelona fährt weiter nach unten in Richtung Meer. Vielleicht gibt es da ja irgendwo eine nette Cafetería mit einem guten Expresso. Den könnte er jetzt gebrauchen, nachdem er sich bei dieser Abfahrt nun schon zum dritten Mal verfranzt hat, seit er auf der Insel ist.

Die Straße führt in sanften Kehren durch den Ort den Hang hinunter. Rechts und links ziemlich dichte Bebauung, wie an den Berg geklebte Waben. Irgendwann öffnet sich das Panorama; rechts das tiefe Blau des von der Nachmittagssonne beschienenen Meeres. Weiter vorne steht ganz für sich alleine ein vielleicht zwanzigstöckiges, graues Betongerippe auf der felsigen Küste. Neben dem gigantischen Gerippe ein völlig leerer Parkplatz mit penibel aufgemalten, weißen Linien. Seltsam, da sind keine Baufahrzeuge, keine Kräne, keine Arbeiter, keine Bauzäune, nur dieses riesige Beton-Skelett. Ramírez fährt auf den einsamen Parkplatz und stoppt den Kleinwagen exakt zwischen zwei der weißen Linien – Ordnung muss sein. Er betrachtet das eigenartige Gebäude und schüttelt den Kopf.

Auf einer der wenigen schon fertiggestellten Wände prangt ein Graffito; eine häßliche Fratze starrt ins Landesinnere. Ansonsten pfeift der Wind durch die leeren Stockwerke des Gerippes. Hier wird schon ewig nicht mehr gebaut, denkt Sergio. Er geht von dem geisterhaften Parkplatz über einen schmalen Pfad auf das Beton-Skelett zu; dann legt er den Kopf in den Nacken und zählt. 21 Stockwerke, die sich jeweils über drei Gebäudeflügel ziehen. Das tote Ding hat pharaonische Ausmaße. So wie es da auf dem Felsen steht, könnte es von nach uns kommenden Zivilisationen glatt für ein kultisches Monument gehalten werden, eine Cheops-Pyramide für den Touristengott.

Ramírez stellt verwundert fest, dass das unfertige Hotel nicht abgesperrt ist; kein Zaun, nichts ist zubetoniert, noch nicht einmal ein Verbotsschild. Der schmale Pfad führt direkt in das offene Gerippe hinein. Sergio betritt das Erdgeschoß. Ein ganzes Geschwader erschreckter Tauben flattert auf. Ramírez zuckt zurück. Die Vögel verschwinden im Freien und in den hinteren Teilen des Gebäudes. Zurück bleibt das Pfeifen des Windes, im Hintergrund das Rauschen des Meeres. Die Situation kommt Ramírez mulmig vor. Er denkt für einen Moment, das sind Hitchcocks Vögel. Sergio ist ängstlich, nicht schwindelfrei, doch neugierig ist er auch. Er geht weiter, seine Schritte knirschen auf dem niemals gefegten Betonfussboden. Das Treppenhaus ist halb fertig; die Stufen sind da; aber keine Geländer, keine Wände. Ramírez geht ganz langsam nach oben; er setzt vorsichtig einen Schritt vor den anderen auf den Beton, immer in der Mitte der ungeschützt in dem Gerippe schwebenden Stufen.

In der 4. Etage bleibt Ramírez einen Moment stehen. Das mulmige Gefühl ist wieder da; ein leichter Schwindel erfasst ihn, obwohl ja eigentlich nichts passieren kann, solange er aufpasst, wo er hintritt. Wieder flattern ein paar Tauben auf. Sie verlassen die offene Etage; kein Angriff – Hitchcock ist Fiktion. Sergio entdeckt einen langen Gang, der in Richtung Ozean führt. Der Betonfußboden ist nahezu fertig; nur hier und da klaffen eckige Löcher, die geradewegs bis in den Keller reichen. Ramírez geht auf das Meer zu, immer darauf bedacht, bloß nicht in so ein gefährliches Loch zu treten. Rechts und links liegen die Zimmer, die niemals einen Gast hatten, zumindest keinen zahlenden. Bierdosen und zerbrochene Flaschen liegen herum und anderer Kram, den irgend jemand zurückgelassen hat – Obdachlose vielleicht, oder junge Leute, die das Gerippe als coole Partylocation genutzt haben. Risiko, denkt Ramírez, wenn hier einer besoffen ist oder bekifft, dann kann das ganz schnell böse enden.

Sergio geht in eins der Zimmer; kurz vor der ins Leere ragenden Betonplatte, die einmal ein Balkon werden sollte, bleibt er stehen und schaut die tief unter ihm liegende Küste entlang. Vielleicht zweihundert Meter weiter steht eine Bretterbudensiedlung in der kargen Landschaft, ein EU-Slum, so ein Platz, an dem Krimi-Regisseure gerne ihre Tatverdächtigen wohnen lassen. Definitiv keine gute Gegend hier. Plötzlich ein Geräusch hinter ihm; Ramírez fährt herum, doch da ist niemand; nur ein paar dunkle Vögel, die kreischend im gegenüberliegenden Zimmer verschwinden. Diesmal sind es keine Tauben, auch keine Möven; es sind schwarze Vögel, wie Krähen – Todesvögel! Cool bleiben, Sergio verdrängt den Gedanken.

Er geht zurück auf den langen Korridor. Der Horizont schimmert in der Öffnung am Ende des Gangs. Ein Postkarten-blauer Himmel über dem tiefblauen, aufgewühlten Meer, eingerahmt von unverputztem Beton. Sergios Herz klopft vor Aufregung; er ist hin- und hergerissen zwischen Beklemmung, Schwindel und Neugierde, ein bisschen zurückversetzt in die Abenteuerwelt, die es für ihn gab, als er ein kleiner Junge war. Durch den Gang zieht eine wunderbare, frische Brise mit dem Salz der Meeresluft, dringt in seine Lungen und zerstreut seine

Angst. Sergio will das geheimnissvolle Hochhaus weiter erkunden, er will weiter nach oben.

Wieder betritt er das niemals vollendete Treppenhaus. Die nach oben führenden Stufen sind schmaler als die vorherigen; der Wind bläst stärker zwischen die Betonknochen des von Menschenhand geschaffenen Skeletts. Mit jedem weiteren Schritt in die Höhe klopft das Herz des Katalanen ein bisschen schneller. 5. Etage, 6. Etage, 7. Etage; von Meer oder Landschaft ist nichts mehr zu sehen; durch die leeren Stockwerke schimmert nur noch das Blau des Himmels.

Aus der 8. Etage kommt ein seltsames Geräusch, das Wind und Meeresrauschen übertönt, ein eigenartiges, heiseres Krächzen. Sergio verharrt auf dem Treppenabsatz und schaut vorsichtig nach oben. Auf der vorletzten Stufe hockt eine der häßlichen Krähen und starrt ihn aus kranken, gelben Augen an. Der will er lieber nicht zu nahe kommen. Ramírez unterbricht den Aufstieg und geht in den langen Korridor, von dem die nie bewohnten Zimmer abgehen.

Die Sonne steht jetzt etwas tiefer; am Ende des Ganges erstrahlt ein gleißendes, fast unnatürliches Licht, verwandelt den Korrridor in einen Tunnel. Die getragenen Klänge eines gregorianischen Chorals durchdringen den Raum, überlagern das Rauschen des Meeres. Kein Lüftchen regt sich mehr. Das helle Licht der Sonne wärmt das verzagte Herz des Katalanen. Wie in Trance folgt er den Klängen der geheimnisvollen Musik und geht auf das Ende des Korridors zu. Sergio schließt die Augen. Ein markerschütternder, heiserer Schrei. Sergio ist wieder hellwach. Er blickt in die gelben Augen der Krähe. Der Vogel hockt auf der ungesicherten Balkonplatte und schreit sich die Lunge aus dem Schnabel. „Du Mistvieh", brüllt Ramírez. Die

Krähe flattert auf und greift an. Erst kurz vor dem Kopf des Katalanen dreht der Hitchcock-Vogel ab und verschwindet krächzend in einem der leeren Zimmer. Sergio taumelt einen Schritt zurück. Erst jetzt wird ihm klar, dass die Krähe ihm das Leben gerettet hat.

Ramírez hat genug von dem Geisterhotel – und Angst vor sich selbst. Wie konnte ihn am helllichten Tag so ein gefährlicher Traum übermannen? Er geht langsam zurück ins Erdgeschoss, immer darauf bedacht, bloß nicht in eins der Löcher zu treten oder gar auf den frei schwebenden Treppenstufen auszurutschen. Sein Auto steht unangetastet auf dem einsamen Parkplatz. Der Katalane steigt mit einer gewissen Erleichterung ein und setzt seinen Weg nach Puerto de la Cruz fort.

Nach dem Abendessen sitzt Ramírez noch lange an der Bar vom Hotel Semíramis und grübelt. Er lässt sein gefährliches Abenteuer in der verlassenen Hotelruine auf der anderen Seite der Insel Revue passieren. Mit der Wirkung des Alkohols wird das Geisterhotel surrealer und surrealer; und doch war es da.

Nach dem vierten Wein werden seine Lider schwer; Sergio will schlafen, nur noch schlafen. Er tritt aus dem Aufzug und tapert trunken durch den Flur des riesigen, in den Fels hinein gebauten Hotels. Sein Zimmer hat die Nummer 1302. Es liegt ganz am Ende eines langen, etwas schummerigen Ganges. Bewegungsmelder klicken und entzünden jeweils eine der in der Decke versenkten Lampen. Klack – Licht ... Klack – Licht ... Klack – Licht ... Ramírez kann sich eine gediegenere Beleuchtung vorstellen. Er denkt an die wunderbare Lage des Hotels hoch über dem Meer; der traumhafte Blick von den Terrassen und Balkonen wiegt diese düsteren Gänge allemal auf. Klack –

Licht … Klack – Licht … Klack – am Ende des Ganges knien zwei weiße Engel im fahlen Licht der Deckenbeleuchtung. Seine Zimmertür mit der 1302 wird zu einem warmen Lichtfleck. Ramírez bleibt stehen. Er versucht, die Wirkung des Alkohols abzuschütteln und macht zwei verzagte Schritte nach hinten. Klack – die Engel sind wieder verschwunden. Sergio verharrt eine Weile regungslos in dem schummerigen Gang. Dann setzt er sich wieder vorsichtig in Bewegung. Klack – Licht … Klack – Licht … Klack – Licht … Ramírez zieht den Schlüssel aus der Tasche. Mit zittrigen Händen schließt er sein Zimmer auf.

Sergio geht auf den Balkon und raucht eine Zigarette. In dem bleigrauen Himmel steht ein fahler Mond und grinst. Tief unter ihm rauscht das nachtschwarze Meer.

In der Nacht irrt Ramirez durch scheinbar unendliche Korridore, hinter denen irisierende Lichter auf ihn warten; mal ist es das Blau des Meeres, mal sind es die gleißenden Strahlen der Sonne. Der Raum ist von getragenen, religiösen Chorälen erfüllt. Engel knien am Wegesrand und lächeln ihn an. Doch jedes Mal, wenn er schüchtern zurücklächelt, wird er von schwarzen Krähen mit widerlichen, gelben Augen angegriffen. Diese Vögel sind Hitchcocks Vögel; sie hacken auf ihn ein, zerstören sein Augenlicht. Sergio wird schweißüberströmt wach.

Er geht noch einmal auf den Balkon. Noch immer hängt das fahle Mondgesicht im bleigrauen Himmel und lächelt – es ist ein dreistes Lächeln. Den Angriff der Krähen in seinem Traum kann Sergio so gerade noch abschütteln. Doch die Lichter in der gruseligen Ruine, auf dem Flur des Hotels und gerade wieder im Traum, diese Lichter am Ende eines Tunnels lassen ihn nicht los. Er will noch nicht sterben. Sergio betet.

Auch in den kommenden Nächten wird er regelmäßig von Alpträumen geplagt. Mal tragen ihn die Engel hinfort in eine Welt, die er nicht versteht, mal attackieren ihn die Krähen mit den kranken, gelben Augen. Und immer wieder doziert Alfred Hitchcock über die Vögel und ihre jahrtausende alte Beziehung zu den Menschen. Hitchcock empfiehlt seinen schaurigen Film und fragt mit starrem Blick: „Was ist das grausige Geheimnis der Vögel?"

Feudale Stadtpaläste und mystische Drachenbäume, Paradies-gleiche Gärten und historische Kirchen. La Orotava gehört zu den schönsten Städten der Kanarischen Inseln. Sanft neigt sich das immergrüne Orotava Tal zum tiefblauen Meer; hinter der Stadt der majestätische Kegel des über 3700 Meter hohen Vulkans Teide. Aus dem malerischen Meer der Ziegeldächer ragt die elegante, rot-weiße Kuppel der Iglesia Nuestra Señora de la Concepción. Von außen wirkt die Empfängniskirche wie eine Leihgabe der italienischen Kulturmetropole Florenz. Im Inneren erzeugen die roten und blauen Fenster der Kuppel einen raffinierten Effekt, der das Kirchenschiff in ein geheimnisvolles, violettes Licht taucht. Sergio Ramírez spürt eine übernatürliche Kraft, als er das im gotischen Stil zum Himmel strebende Gotteshaus betritt – und Ehrfurcht. Er geht zu einer der vorderen Bankreihen und kniet nieder.

Rechts und links vom Altar hocken zwei betende Engel. Es sind die Engel, die mir begegnet sind, denkt Ramírez. Dann bemerkt er den Pfarrer in der ersten Bank vor dem Altar. Die Glatze des Priesters schimmert fahl in dem fremdartigen Licht, das die Kirche beherrscht. Der Gottesmann erinnert Ramírez an Klaus Kinski in der Rolle des Grafen Dracula. Sergio hatte sich diesen Film mindestens zehn Mal angeschaut. Kinski gab dem Vampir jenseits allen Bösen etwas Verletzliches, etwas Anziehendes, findet Sergio. Er hat Vertrauen zu dem Dracula-Pfarrer und bittet um ein Gespräch.

Der Priester schraubt sich aus der Gebetsbank, zeigt mit einer zeitlupenhaften Bewegung auf den Beichtstuhl und hinkt zu dem reich verzierten Möbel. Ramírez folgt ihm. Geschützt von dem dunklen Holz spricht er von den Erscheinungen, die ihn in den letzten Tagen heimgesucht haben, von der gespenstigen Hotelruine, von den Vögeln, den Engeln und den Lichtern am Ende des Tunnels. Die Stimme des Pfarrers ist sanft und eindringlich zugleich:

„Fürchte dich nicht, mein Sohn, Gott der Allmächtige vermag dich in fremde Realitäten zu bringen, wann immer es ihm beliebt."

„Die Träume plagen mich, sie kommen immer wieder; sie dringen in mein wahres Leben ein."

„Nimm es hin und vertraue dem Herrn; nur Gott bestimmt die Realitäten. Gott allein bestimmt, wo du bist, und die Botschaften der Engel richten sich an den Gottesfunken in uns…"

Die tröstenden Worten des Priesters gehen nach und nach in monotone Gebete über. Die Kirchenorgel legt einen fremdartigen Choral über die hypnotisierende Stimme des Pfarrers. Ramírez wird schläfriger und schläfriger. Er schließt die Augen und spürt, dass sich in ihm eine große, inneren Ruhe breit macht. Die Gebete verstummen. Als er schließlich den Beichtstuhl verlässt, ist auch die Orgel in der menschenleeren Kirche verstummt. Der Pfarrer ist nirgends zu entdecken. Sergios Seele ruht in der Stille des Tempels. Er spürt, dass die Angst für immer aus ihm gewichen ist.

Drei Tage später entdeckt der Pfarrer in der Inselzeitung den Bericht über einen rätselhaften Todesfall:

„Am Fuß des „Geisterhotels" bei Añaza 10 Kilometer südöstlich von Santa Cruz wurde eine – vermutlich durch den Sturz von einem der höheren Stockwerke – entstellte Leiche gefunden. Die Ermittlungen haben ergeben, dass es sich bei dem Toten um den seit zwei Tagen im Hotel Semíramis in Puerto de la Cruz vermissten Sergio Ramírez handelt. Ansonsten tappt die Polizei im Dunkeln. Völlig unklar ist, wie der 47jährige Ramírez von Puerto de la Cruz nach Añaza gelangt ist. Der Tourist sollte gestern Morgen im Hotel Semíramis auschecken. Er hatte seinen Mietwagen bereits am Tage zuvor abgegeben. Bisher konnte kein Taxifahrer festgestellt werden, der ihn auf die andere Seite der Insel gebracht hat."

Der Pfarrer legt die Zeitung zur Seite und betritt mit einem dünnen, diabolischen Lächeln die Empfängniskirche in La Orotava. Er humpelt zum Altar und verneigt sich vor den Engeln. Das aus der Kuppel strömende, violette Licht fällt auf seinen kahlen Schädel und gibt dem Kopf des Geistlichen ein schauriges, inneres Leuchten.

Don Gregorio und der Uhu

Der Vogel hat orange Augen. Er hat böse, orange Augen, Augen aus einer anderen Welt. Der Vogel ist böse; und er ist sauer. Er hat es satt, in so einem blöden Touristenhotel von irgendwelchen Menschen angestarrt zu werden, die nicht hierhin gehören. Der Uhu spreizt seine Federohren, er könnte einem von diesen Idioten ein Auge aushacken. Das wäre ein Triumph; doch es wäre ein kurzer Triumph. Der Vogel denkt langfristiger.

Karin und David schlendern durch die weitläufige Lobby des Hotels San Felipe in Puerto de la Cruz. Karin ist fasziniert von dem riesigen Uhu, der auf dem angewinkelten Arm des alten Mannes sitzt und von den Hotelgästen bestaunt wird. Sie bleibt stehen und betrachtet den stattlichen, an eine Ledermanschette angeketteten Vogel. Ein prächtiges Tier; es ist gut im Futter und mindestens 70 cm groß; sein Gefieder glänzt in der hell ausgeleuchteten Hotelhalle. Wenn der seine Flügel ausbreitet, das muss majestätisch sein, denkt Karin. Sie schaut dem großen Uhu bewundernd in seine orangen Augen.

David möchte weiter in den Speisesaal. Er sagt:
„Komm schon, der hässliche Vogel hat einen bösen Blick!"
Karin schaut dem großen Uhu bewundernd in seine orangen Augen. Das Starre, das Bedrohliche weicht aus dem Blick des Tieres; seine Augen haben plötzlich den sanften Farbton der im Meer versinkenden Abendsonne.
„Von wegen böser Blick; so ein Uhu ist doch ein wunderschönes Tier, das ist die größte Eule der Welt; er ist der König der Nacht!"
David schüttelt den Kopf und schubst seine Frau in Richtung Speisesaal. Als die meisten Gäste beim Mittagessen sitzen, verlassen der alte Mann und der Uhu das Hotel.

Der alte Gregorio setzt den Uhu auf die Stange in seinem kleinen, tropischen Garten. Er nimmt dem Uhu die Kette vom Fuß.

„Sorry, Alter, die Touristen hätten Angst vor dir, wenn du nicht an der Kette wärst."

„Du bist der Chef", denkt der Vogel, „und wir sind ein Team."

Das Orange in seinen stechenden Uhu-Augen nimmt einen warmen Ton an. Er krächzt, es ist ein zufriedenes Krächzen. Der Alte streichelt dem großen Vogel über das Gefieder. Dann mischt er blutige Würmer unter das Vogelfutter und stellt dem Uhu sein Essen hin. Gregorio geht zu dem Geländer, das seinen Paradiesgarten von der Steilküste trennt.

Don Gregorio blickt über die Ruine des verlassenen Hotels aufs Meer. Das zerstörte Hotel bei La Matanza hängt wie ein Skelett am Steilhang; die Einheimischen nennen das Betongerippe auch so: El Esqueleto. Der Alte lacht; keiner hat den Anschlag damals verhindern können, keiner hat ihn aufgeklärt. Man hat das halb fertige Hotel einfach geschlossen und in der Landschaft stehen lassen. Gregorio ist zutiefst davon überzeugt, dass der turbokapitalistische Tourismus des Teufels ist. Kampfpreise, Umsatzsteigerungen, verschachtelte Hotelketten-Konstrukte, die keine Steuern zahlen und unermessliche Gewinne für die feinen Herren einfahren, die diskret dahinter stehen; prekäre Löhne für die Angestellten und Zerstörung der paradiesischen Inselwelt von Teneriffa. Doch auch er selbst lebt vom Tourismus. Deshalb müssen sie mit Vorsicht vorgehen, er und sein geliebter Uhu. Sie müssen die Balance finden – einzelne, brutale und symbolträchtige Anschläge, gezielte Nadelstiche, keine breit angelegten Frontalangriffe.

Nach einer Weile geht Gregorio zurück zu der kleinen Terrasse, wo die Stange des Uhus hängt. Der Uhu ist verschwunden; seine Exkursionen sind ganz im Sinne von Gregorio. Er hat dem

König der Nacht beigebracht, für ausgewählte Aktionen auch tagsüber unterwegs zu sein. Der Alte fährt den Computer hoch und startet das Ortungsprogramm. Der Vogel schwebt im Gleitflug über dem futuristisch gestalteten Aussichtspunkt Lomo Molino bei der Gemeinde El Tanque mit seinem unvergleichlichen Panorama. Einer der schönsten Aussichtspunkte der Insel. Auf der einen Seite erhebt sich der majestätische Gipfel des Teide; auf der anderen liegt tief unten im Tal das historische Städtchen Garachico mit dem malerischen Inselchen vor der rauen Küstenlinie.

Der Uhu fliegt frohgemut seines Weges; heute war sein Futter wieder ganz besonders gut. Der Wind streichelt seine ein Meter und achtzig weiten Schwingen. Er ist die größte Eule der Welt, und das weiß er. Der Vogel lässt seinen Blick über die Nordküste der Insel schweifen und lacht über die Touristen dort unten auf der Terrasse von Lomo Molino. Seine Aussicht hier oben ist unvergleichlich besser. Heute ist noch dazu ein wunderbarer, klarer Tag; der Uhu sieht die gesamte, zerklüftete Nordwestküste, und wenn er hoch genug aufsteigt, kann er sogar die Krümmung der Erde erahnen, da, wo sich hinter dem Horizont Himmel und Meer vereinigen.

Auf einer Anhöhe neben der Straße nach Tierra del Trigo steht ein verlassener Turm mit toten Fensterhöhlen. Als der Uhu auf einem halb zerfallenen Sims des geisterhaft wirkenden Turms landet, flattert eine ganze Großfamilie von Tauben auf und sucht böse gurrend das Weite. Es macht den Uhu traurig, dass er ständig von allen anderen Vögeln gemobbt wird. Gerade bei seiner heutigen Mission könnte er etwas Schützenhilfe verdammt gut gebrauchen. Die Sache ist prekär.

„Echt klasse die Aussicht hier; das hat sich echt gelohnt, zu dem Aussichtspunkt zu fahren!"

„Von dort hinten hat man vielleicht eine noch etwas bessere Aussicht", David Groth zeigt auf den einsamen, runden Turm auf der Bergkuppe ein Stück weiter im Westen.

„Seltsames Teil", meint Karin.

„Lass uns hinfahren, bitte."

„Ist ok, von mir aus", sagt Karin Groth; sie hat kein Verständnis dafür, dass ihr Mann immer in solchen gruseligen, alten Gemäuern rumkraxeln muss – und das mit 52 Jahren. Noch weniger Verständnis hat sie dafür, dass der geile, alte Bock jungen Frauen nachsteigt. Arschloch!

Sie schaut ihn böse an.

David erahnt ihre Gedanken; auch in ihm kommt Hass auf. Glaubt sie denn wirklich, dass er keine Ahnung von ihrem Liebhaber hat. Er greift in seine Hosentasche und umfasst den Schaft seines Taschenmessers.

Direkt an der Straße nach Tierra del Trigo wächst eine alte Pinie aus einem Fels heraus. Ein tolles Fotomotiv mit dem Gipfel des höchsten Berges von ganz Spanien im Hintergrund; heute hat der Teide sogar einen Zuckerhut aus Schnee aufgesetzt. Karin ist wieder etwas versöhnt.

Sie biegen nach links auf einen schmalen Feldweg, der sich zu dem einsamen, runden Turm den Hügel hinauf schlängelt.

„Der Turm sieht verlassen aus. Schau, die unteren Fenster sind zugemauert, und die oberen haben keine Scheiben mehr; der scheint schon seit längerem verlassen zu sein."

„Gruselig ist das Teil, furchtbar! Da sind garantiert Ratten und Hunderte von Fledermäusen drin."

„Und Geister, finstere Geister, die es auf grantige Frauen abgesehen haben", David grinst; es ist ein böses Grinsen.

Schweigen.

David stellt das Auto ab und stiefelt auf den Turm zu; Karin folgt ihm nur ein kleines Stück. Sie macht lieber zwischen Zweigen hindurch Fotos von der tief unter ihnen liegenden Ebene von Los Silos.

„Bleib' nicht zu lange!"

Der Turm hat einen flachen Unterbau, wie ein quadratisches Kirchenschiff. Der Eingang ist offen, nicht zugemauert; keine Türen, Wasserlachen, modriger Geruch, ordinäre Krakeleien, einfallslose Graffitis auf grauem Beton. David geht hinein und nimmt ein Treppchen, das steil nach oben auf das Dach des Unterbaus führt. Vogelgeschrei; ihm flattert eine ganze Horde hektischer Tauben entgegen. David schreckt zurück, zieht den Kopf ein; langsam wagt er sich wieder vor; die Tauben flattern über das Vordach des Turms ins Tal. David klettert aus der Treppenöffnung und schaut sich um; eine herrliche Aussicht über die weit unten im Tal liegende Ebene. Das tiefblaue Meer geht am Horizont in einen azurfarbenen, leuchtenden Himmel über, der als Zugabe ein paar weiße Schleierwolken über das Meer gezaubert hat.

Der Uhu greift an. Er geht direkt auf den Mann. Die Krallen voran, die sind gefährlicher als der Schnabel. David reagiert, stolpert zurück zu dem Treppchen, fällt beinahe hinunter. Die Krallen des Vogels streifen seinen Kopf; der Uhu schreit, es ist ein markerschütternder Schrei; jetzt sitzt das Riesenvieh auf dem Rand der Treppenöffnung. Seine orangen Augen starren wütend hinter seinem Opfer her. David hetzt durch das alte Gemäuer, hat Angst über einen der vorstehenden Eisenringe des Betonbodens zu stolpern; er rennt um sein Leben.

Wieder der markerschütternde Schrei. Karin blickt erschreckt zum Turm. Sie sieht, wie David aus dem Gebäude stürzt und auf sie zurennt. In seinen Bewegungen, in seinen weit aufgerissenen Augen ist pure Angst, Todesangst.

Sie stellt keine Fragen; beide laufen in Panik den Weg hinunter, taumeln über die schmale Straße zu ihrem Auto. Ein Schatten huscht über Davids Kopf. Fast hätte das Vieh ihn erwischt. Jetzt kommt der riesige Vogel von vorne, die schrecklichen, orangen Augen blenden wie Scheinwerfer. Vor Karins Kopf dreht der Vogel ab; sie greift nach Davids Hand – das hat sie seit Jahren nicht getan – und zerrt ihn zur Seite. Der Uhu verfehlt Davids Kopf um Haaresbreite. Es sind nur noch ein paar Schritte zum Auto. Karin fällt zu Boden. David zieht sie hoch. Seine Hände zittern. Ewigkeit. Endlich steckt der Schlüssel im Schloss. David reißt die Tür auf. Sie hechtet geistesgegenwärtig ins Innere. Er klettert ihr nach und schlägt die Tür zu.

Der gespenstige Vogel hockt auf der Motorhaube und starrt die beiden mit seinen bösen, orangen Augen an. David schlägt das Herz bis zum Halse. Er lässt den Motor aufheulen, haut auf die Hupe, hält krampfhaft den Finger auf dem Alarmknopf, knallt den ersten Gang rein, lässt die Kupplung springen. Der kleine Fiat macht einen wilden Satz nach vorne. Der Uhu kann den ohrenbetäubenden, penetranten Lärm der Hupe kaum ertragen, doch er reagiert geschmeidig. Er hüpft mit einem Schlag seiner gewaltigen Flügel zurück. Das Auto bleibt mit abgewürgten Motor liegen. Karin schreit wie am Spieß. Der Vogel sitzt wieder auf der Motorhaube und starrt die verhassten Touristen an.

David hat sich innerlich etwas gefangen, agiert nun ruhiger. Er lässt den Motor wieder an und fährt den holprigen Weg zur Hauptstraße hinunter, so schnell, wie der kleine Mietwagen und die löchrige Dreckstraße es zulassen. Der Uhu versucht sich auf der Motorhaube zu halten. Er breitet seine Schwingen aus; volle Spannweite, eineinhalb Meter dunkle Federn. David sieht so gut wie nichts mehr von dem holprigen Weg; er muss auf Schritttempo gehen.

„Fahr doch weiter, verdammt noch mal, wir müssen hier raus", brüllt Karin.

Der Uhu spürt einen Stromstoß in seiner elektronischen Fußfessel. Das ist das Zeichen des Alten, dass er jetzt nach Hause muss. Der Alte führt ein hartes Regime. Der Vogel hat jetzt genau eine Stunde Zeit, um nach Hause zu fliegen; sonst kommt der nächste, viel viel härtere Stromstoß. Das muss nicht sein. Der wütende Uhu hackt mit seinen messerscharfen Krallen eine hässliche Narbe in die Motorhaube des Mietautos und hebt ab.

Karin krallt ihre Fingernägel in Davids Oberarm und keift:
„Jetzt fahr schon, bevor das grässliche Vieh wiederkommt, ich will raus hier, raus, raus!"

Der Uhu beobachtet aus seiner Vogelperspektive, wie das kleine, rote Auto den Feldweg hinunterhetzt und eine Wolke von aufgewirbeltem Staub hinter sich herzieht. Ihm bleibt wenig Zeit und der Angriff wird schwierig. Seine einzige Chance ist die enge Kurve, von der die Touristen den schönsten Blick ins Tal haben. Hier führt die schmale Piste direkt am Abhang vorbei und ist so eng, dass man ganz, ganz langsam fahren muss, um nicht in die Tiefe zu stürzen. Die Attacke muss punktgenau ausgeführt werden: Genau in dem Moment, in dem der Fahrer die gefährliche Kurve noch nicht einsehen kann, richtiger Anflugwinkel, maximale Spannweite, größtmöglicher Schockeffekt durch den Schrei und voll aufgeblendeten Teufelsaugen. Das Timing muss stimmen.

David fährt so schnell, wie der holprige Feldweg es zulässt. Bis zur Straße können es nur ein paar hundert Meter sein. Von hinten huscht ein dunkler Schatten über das Auto und bleibt einen Moment über der Motorhaube stehen. David gibt instinktiv Gas. Ein furchtbarer Schrei, eine Wand aus schwarzen Federn, keine Sicht; plötzlich schießen beißende, orangefarbene Strahlen aus dem Schwarz und blenden ihn.

„Pass auf", schreit Karin. David versucht zu bremsen; das Auto bricht ins Unterholz. Dann bleibt es über dem mindestens 300 Meter tiefen Abgrund hängen. Unter der Vorderachse der Ast einer betagten, schräg aus dem Felsen wachsenden Kiefer. Das morsche Holz ächzt; noch schützt der alte Ast das sanft schaukelnde Fahrzeug vor dem Absturz in die Tiefe.

David hängt benommen über dem Lenkrad. Seine Frau nimmt die tödliche Gefahr als erste wahr. Geistesgegenwärtig erfasst sie die Situation. Sie schaut aus dem Fenster und bemerkt, dass sich unter der Beifahrertür des schwankenden Autos noch ein Stück Felsen befindet. Langsam, mit ganz, ganz vorsichtigen Bewegungen öffnet sie Zentimeter für Zentimeter die Tür. Die Motorhaube des kleinen Fiats neigt sich noch ein Stückchen weiter nach unten. Sie hört den Ast knacken – oder bildet sie sich das jetzt nur ein? Karin versucht, cool zu bleiben. Sie drückt ihren Rücken so weit und kraftvoll wie es geht in den Sitz. Vorsichtig schiebt sie ein Bein aus dem Auto, noch vorsichtiger zieht sie das andere Bein nach.

Der Vogel kreist traurig über der Unfallstelle. Er hat den Anschlag vermasselt. Der Uhu sieht keine Möglichkeit, wie er das Auto jetzt noch zum Absturz bringen könnte. Er sieht die Frau aus dem Fahrzeug klettern und beobachtet, wie sie sich langsam aber sicher auf den festen Boden vortastet. Jetzt steht sie direkt hinter dem Auto. Sie stemmt sich gegen den Kofferraum; das Fahrzeug schwankt wie in Zeitlupe auf und ab. Sie drückt den Wagen noch einmal mit aller Kraft in Richtung Abgrund. Das Auto mit ihrem Mann darin neigt sich langsam nach unten; dann stürzt es in die Tiefe. Wie ein Ping Pong Ball titscht die Karosse über die vorstehenden Felsen. Dann steigt ein Feuerball auf. Die Frau läuft den Weg hinunter zur Hauptstraße.

Der Uhu schüttelt verwundert seine Federohren – mit einer Mittäterin hatte er nicht gerechnet.

Der Alte wird unterm Strich zufrieden sein. Wenn Don Gregorio die Kamera an seiner Kralle angeschaltet und den Feuerball gesehen hat, dann wird er vielleicht sogar sehr zufrieden sein. Der Uhu schaut noch einmal nach unten. Dann fliegt er so schnell wie er kann nach Hause; er will sich den nächsten Stromstoß ersparen.

Das Gesicht

Heiner Grasshoff geht an den großen, bunten Maspalomas-Buchstaben vorbei die Stufen hinunter auf den riesigen Strand. Hinter ihm der vielstimmige Radau aus Bars, Kneipen und Restaurants. Playa del Ingles feiert, so wie es das fast immer tut. Langsam legt sich das beruhigende Rauschen des Meers über den Schallmatsch des Schwulen- und Rentner-Ballermanns. Am Tag machen sich hier ganze Völkerscharen auf den Weg über den Strand in Richtung Maspalomas. Auf der einen Seite rollen die Wellen des Meeres auf den Sand und auf der anderen Seite erheben sich die gewaltigen Dünen, so ausgedehnt, als hätten die Gehilfen Gottes am letzten Tag der Schöpfung ein Stück Afrika hierhin verpflanzt. Spät abends sind hier höchstens ein paar verliebte Pärchen auf der Suche nach einem ruhigen Ort unterwegs. Manchmal spannen einsame Fischer ihre meterlangen Ruten übers Wasser und hoffen, dass die Fische durch das Brausen der Wellen von der drohenden Gefahr abgelenkt werden. In der Dunkelheit der Nacht bekommen die malerischen Dünen etwas Geheimnisvolles.

Schräg steht die Sichel des Mondes über dem nächtlichen Panorama. Das Licht ist so fahl, als ob der Mann, der angeblich in diesem Planeten wohnen soll, mit dem Stromsparen begonnen hat. Grasshoff hört seine Schritte im Sand und das Rauschen des Meeres, sonst nichts. Er bleibt einen Moment stehen, dreht sich herum und schaut auf die Phalanx der Spaßstadt von Playa del Ingles. Remmidemmi, Saufen und Stimmung bis der Arzt kommt; von all dem Krach bleiben hier unten bei den Dünen nur die Lichter in der Ferne. Ein paar hundert Meter weiter am Strand entlang, dann ist alles vom Mensch geschaffene Licht hinter den mächtigen Sandbergen verschwunden; die bunten Lichter von Playa del Ingles genauso wie die des vier

Kilometer entfernten, etwas mondäneren Maspalomas. Die Natur schafft einen seltsamen, stillen Frieden; eine in der unmittelbaren Nähe der Touristenhochburgen surreal wirkende, durch die Dunkelheit fast schon bedrohliche Stimmung.

Heiner Grasshoff setzt sich in die Dünen und schaut auf das Nacht-dunkle Meer. Er lässt seine Gedanken in die unendlich erscheinende Landschaft aus Sand und Wasser schweifen. Endlich fällt der Stress von ihm ab, der Stress, den er in Deutschland zurücklassen wollte, der Stress, der ihm wie ein böser Geist erschienen war, ihn immer wieder mit Herzrasen, Zittern und schrecklichen Alpträumen überzogen hat. Grasshoff genießt die Stimmung der ruhigen Nacht.

Langsam schiebt sich von links ein weißes Licht in die Meereskulisse. Heiner schreckt zurück. Doch es ist nur eine Welle. Er lächelt über seine eigene Schreckhaftigkeit. Plötzlich schwebt ein widerliches Gesicht in der Welle, ein grinsendes Gesicht mit einer hartweißen Maske, einer furchtbaren Maske, die ihm allzu vertraut ist. Es ist die schreckliche Maske des inneren Drucks, der ihn seit Jahren fertigmacht. Heiner springt auf. Sein Herz schlägt bis zum Hals. Er reißt sich zusammen und brüllt: „Hau ab!" Das Gesicht verschwimmt zu einer großen konturlosen Figur, die sich aus dem Wasser gelöst hat und nun auf dem Strand sitzt.

Grasshoff kneift die Augen zusammen. Endlich erkennt er, dass es sich um einen dieser weißen Glascontainer handelt, die die Küstenwache hier aufgestellt hat. Er dreht sich erleichtert herum und will zurück nach Playa del Ingles gehen.

Hinter ihm ein Scheppern, als ob jemand eine Flasche in den Glascontainer geworfen hat. Grasshoff zuckt zusammen und fährt herum. Ganz in der Nähe ein dreckiges Lachen. Doch niemand ist zu entdecken. Der Glascontainer ist in der farblosen Nacht kaum noch zu erkennen. Grasshoff erstarrt; das hartweiße Licht ist wieder im Meer. Da ist auch wieder das Gesicht mit der schrecklichen Maske, wieder das dreckige Lachen. Das Gesicht verschwindet genauso schnell wie es gekommen ist; das Lachen wird glucksend vom Wasser verschluckt. Es bleiben das vielstimmige Meeresrauschen, schemenhafte Dünen und die fahle Sichel des Mondes.

Grasshoff hetzt zitternd am Strand entlang. Erst als hinter den Dünen die Lichter von Playa del Ingles aufschimmern, atmet er ein bisschen auf. Bald ist auch der fröhliche Lärm des Partyvolks wieder zu hören. Gasshoff geht an den Bars und Restaurants vorbei zu seinem Hotel. Er weiß, dass er in dieser Nacht nicht gut schlafen wird.

Am nächsten Tag stromert er durch die schön herausgeputzte Altstadt von Agüimes. Die den Ort überragende, mächtige Kathedrale von San Sebastian, kanarische Stadthäuser aus der alten Zeit, ein schattiger Park und traditionell gehaltene Gaststätten; fröhliche Touristen und Sonnenschein; sonntäglicher Frieden. Grasshoff genießt die unbeschwerte Beschaulichkeit des Ortes.

Hinter ihm scheppert eine Flasche in den Glascontainer. Heiner hört ein dreckiges Lachen; er fährt herum, doch da ist niemand, der gelacht haben könnte, auch niemand, der die Flasche geworfen haben könnte. Heiner dreht sich zur Seite und blickt direkt in das schreckliche Gesicht mit der Maske. Er erstarrt.

Es dauert eine gefühlte Ewigkeit bis ihm endlich klar wird, dass er vor einer dieser Bronzestatuen steht, die in keiner kanarischen Stadt fehlen dürfen. Die Frau mit der Maske trägt ein Kopftuch und tanzt. Neben ihr steht ein verängstigter Beamter, auch aus Bronze, auch er trägt eine Maske. Grasshoff rennt in Panik zurück zu seinem Mietwagen, verfolgt von den konsternierten Blicken verständnisloser Touristen.

Grasshoff fährt auf die andere Seite der Insel. Das wunderschöne Panorama der Straße von Mogán nach Aldea de Nicolas überpinselt seine Ängste, lässt das Gesicht mit der Maske wieder irgendwo im tieferen Unterbewusstsein verschwinden. Eine Zeitlang schlängelt sich die Straße an den steilen Hängen entlang. Dann öffnet sich zum Meer hin das weite Tal von Aldea de Nicolas. Es ist wie bei einem Scherenschnitt rechts und links von tief schwarzen Bergketten begrenzt.

Am Ortseingang fällt Heiner ein lustiges Haus mit Flaggen und einem Vorgarten voller kunterbunter Gerätschaften und Figuren auf. Museumspark Los Cardones steht auf einem genauso bunten Schild; ein Haus wie aus einem Comic-Märchen. Grasshoff ist neugierig; er stellt sein Auto in einer Nebenstraße ab.

Ein netter, älterer Herr mit schlechten Zähnen lacht ihn an. Er sagt „Herzlich willkommen" und „Eintritt frei". Im Garten des Hexenhauses ist ein Pool, umstellt von Tante-Emma-Waagen, Nähmaschinen der Oma und Fahrrädern vom Opa. Drinnen ein chaotisches Sammelsurium von Dingen, die sonst kaum jemand aufheben würde: Video-Kassetten, wertlose Bücher, Urkunden und verblichene Fotografien, Gemälde, die nicht unbedingt unter Kunst fallen. Tand und Trödel aller Art, eine generelle Hommage an vom Menschen geschaffene Objekte, egal, was es ist. Verkauft wird nichts, betont der Museumswächter. Grasshoff denkt huldvoll lächelnd an die

Rubrik „Ist das Kunst oder kann das weg?" des Berliner Lokal-
senders Radio 91.4.

Besonders stolz sei der Eigentümer des Museumsparks auf
ein Sammelsurium von Mitbringseln aus der halben Welt. Da
hockt ein gruselig heulender Wolf vor einer Maya-Statue mit
einem Winnetou-Gesicht, in die gerade ein Blitz einschlägt –
aus Nordamerika, erläutert der Museumswächter das skurrile
Gemälde. An den Wänden hängen Masken aus Afrika, die
sicherlich so manchen erschrecken könnten. Sie starren Grasshoff aus ihren leeren Augen an. Doch diese Masken sind ganz
anders als das furchtbare Gesicht; keine ist auch nur annähernd
so grausam wie die schreckliche Maske im Meer, die seine Seele
zerstört. Außerdem ist der Angestellte des Museumsparks so
wahnsinnig nett, ein harmloser alter Mann, der die skurrile
Sammlung seines Chefs bewacht und die Gäste begeistert
durch die seltsame Anlage führt. Von ihm geht keine Gefahr
aus. Das ist alles kein echter Horror, das ist Kunstgewerbe und
sympathischer Eine-Welt-Trödel.

Nach einer Weile schaut Grasshoff auf die Uhr und fragt:
„Wie komme ich von hier aus am besten nach Las Palmas?"
Der Alte lacht freundlich durch seine vom Nikotin zerfresse-
nen Zähne und sagt:
„Ganz einfach. Fahren Sie die Straße hinunter durch den Ort
hindurch und dann halten Sie sich rechts. Sie kommen quasi
automatisch auf die Schnellstraße GC-2."
Heiner nickt.
„Bleiben Sie auf der GC-2 und fahren durch den neuen
Tunnel." Der Museumswächter ist sichtlich stolz auf diese
moderne und hilfreiche Errungenschaft seiner Insel.
„Vor ein paar Jahren wäre es nicht möglich gewesen, von
hier aus jetzt noch vor Einbruch der Dunkelheit zur Hauptstadt

zu kommen. Ein straßenbauliches Meisterwerk, dieser kilometerlange Tunnel – er führt einfach durch die gewaltigen, fast unüberwindlichen Berge unten hindurch, toll. Früher über die Passstraße an der Steilküste entlang, das dauerte stundenlang und war gefährlich."

Dann bringt der Alte Grasshoff zur Tür. Er zeigt noch einmal seine angefaulten Zähne und sagt mit einem hintergründigen Lächeln:

„Sie werden ihren Weg bestimmt finden – in den Tunnel hineinzufahren ist ganz einfach."

Die Beschreibung stimmte. Grasshoff findet die GC-2 auf Anhieb und steuert seinen Mietwagen in die lange, gut ausgeleuchtete Röhre. Die Tunnelwände sind grau und glatt. Das Autoradio verliert seinen Empfang und rauscht. Heiner spürt wieder die tief in seinem Innern verwurzelte Beklommenheit. Er versucht sich auf die Straße zu konzentrieren, die sich wie ein steriler Katheter der High-Tech-Medizin durch die Eingeweide des Berges zieht.

Heiner sieht das Grau der Röhre, grau, grau und noch einmal grau, ein auf seinen Augenlidern schwer lastendes Grau, und dann plötzlich ein hartes Weiß: Das Gesicht, die schreckliche Maske. Sie schwebt oben im Tunnel und starrt ihn an. Grasshoff tritt auf die Bremse. Er wird durch ein grelles Licht in seinem Rückspiegel geblendet. Sein Mietwagen schlingert. Reifen quietschen, ein offener Sportwagen mit wild gestikulierenden Jugendlichen schießt links an ihm vorbei und dann mit einem Affenzahn auf das Maskengesicht zu. Die Maske bewegt sich zurück, wie von einem gewaltigen Staubsauger gezogen; doch das Cabrio scheint schneller zu sein. Die durch den Tunnel rasenden Halbstarken kommen dem Gesicht immer näher. Sie haben keine Angst vor der Maske. Oder sehen sie die schreckliche Fratze nicht?

Grasshoff gerät in Panik und gibt Vollgas. Er will auf keinen Fall mit dem grausigen Gesicht alleine im Tunnel sein. 80 km/h ... 100 ... 120 ... 140 ... 155 ... 160 ... wie können die Jugendlichen nur so durch den Tunnel rasen? Sie sind tatsächlich schneller als die Fratze zurückweichen kann; das Gesicht springt über das Cabrio und schießt mit seinen starren, grausamen Augen auf Grasshoff zu.

Drei Tage später:

Die Inselzeitung macht mit einem reißerisch klingenden Artikel auf:

Rätselhafter Tod im Tunnel

Ein deutscher Tourist (59) hat im Tunnel der GC-2 die Kontrolle über sein Fahrzeug verloren und sich mehrfach überschlagen. Von dem auf der Insel gemieteten Wagen blieben lediglich ein kaum noch als Auto erkennbares Knäuel Schrott und im Tunnel verstreute Einzelteile zurück. Der Fahrer war sofort tot. Die Schnellstraße musste für mehr als 10 Stunden vollständig gesperrt werden. Nach Angaben der ermittelnden Behörden war das Fahrzeug mit deutlich überhöhter Geschwindigkeit unterwegs. Weder Alkohol noch Drogen seien im Spiel gewesen. Doch wer rast schon nüchtern mit mehr als 150 Stundenkilometern durch einen Tunnel? Warum zum Teufel tut ein nach den bisherigen Erkenntnissen unbescholtener 59 Jahre alter Mann so etwas? Die Polizei tappt im Dunkeln.

Das Foto

Das winzige Dorf Tasartico auf Gran Canaria ist durch ein halsbrecherisches Sträßchen mit den nur wenige Kilometer Luftlinie entfernten Retortenstädten des Massentourismus verbunden. Die vielfach gewundene Straße führt durch eine grandiose Berglandschaft. Nur hier und da wird die Idylle durch ein paar Gewächshäuser mit halb zerrissenen Planen gestört.

„Schade", meint Vanessa.

„Von irgendetwas müssen die Leute hier ja leben", kommentiert Wolfgang leidenschaftslos.

„Lass uns irgendwo einen Kaffee trinken."

Die Straße endet an einem traurigen, nicht asphaltierten Platz. Ein vom Rost schwer angefressener Lieferwagen ruht auf seinen platten Reifen vor einem grauen, unverputzten Mäuerchen.

„War wohl nix mit Kaffee; hier ist der Hund begraben."

„Weiter vorne muss der Dorfkern sein – wenn es hier so etwas gibt; und eine kleine Kirche müsste dieses Tasartico auch haben; immerhin ist es als Dorf auf den Landkarten eingezeichnet, sogar bei Google Maps."

„Eine Cafetería wär mir lieber; geh' mal gucken; ich warte hier im Auto auf dich."

Wolfgang nickt, steigt aus und geht an der löcherigen, grauen Mauer entlang auf die gedrungenen Häuser zu. Er biegt um eine Ecke, und tatächlich, da vorne ist ein kleines Plätzchen mit einer schnuckeligen Kirche. Die ist ein Foto wert. Wolfgang geht ein paar Schritte rückwärts, um das Kirchlein ganz aufs Bild zu bekommen, und drückt auf den Auslöser. Kein Klicken; der Bildschirm der Kamera wird schwarz.

Hinter ihm ein dreckiges Lachen. Wolfgang fährt herum. Ein völlig verkrüppelter Mann auf einem Rollwagen starrt ihn an und grinst; es ist ein böses Grinsen, ein abgrundtief böses Grinsen. Der Behinderte faucht. Dann keift er Wolfgang an:

„Du hast die Kirche weggeknipst, weggeknipst!"

Wolfgang erschrickt. Das Aussehen, der böse Blick, der Mann auf dem Rollbrett. Wolfgang weicht kurz zurück, doch er bleibt cool. Noch immer starrt sein Gegenüber ihn an und geifert:

„Weggeknipst, weggeknipst..."

Wolfgang ist die Lust am Fotografieren vergangen. Er macht kehrt und geht verärgert zum Auto zurück. Hinter ihm hallt die keifende, sich überschlagende Stimme:

„Weggeknipst, Kirche weggeknipst..."

Als Wolfgang an der löcherigen Mauer vorbeikommt, hallen die sinnlosen Worte wie ein Echo in dem engen Gebirgstal wieder. Wolfgang hat das Gefühl, unvermittelt in einen schlechten Gruselfilm geraten zu sein. Er beschleunigt seine Schritte. Endlich; am Ende der Mauer tritt Ruhe ein; der Spuk ist vorbei. Wolfgang schüttelt den Kopf und denkt: „Arschloch!"

Zurück im Auto schlägt Wolfgang ärgerlich die Tür hinter sich zu und schaut auf den Bildschirm der Kamera. Schwarz.

„Ich glaub, der Fotoapparat ist kaputt."

„Gib mal her."

Vanessa fummelt an der Kamera herum, macht sie zweimal aus und wieder an.

„Geht doch."

Vanessa hält den Fotoapparat hoch und und will ein Bild von Wolfgang machen. Sie drückt auf den Auslöser. Kein Klicken. Wolfgang ist weg, von einer Sekunde auf die andere wie vom Erdboden verschwunden. Der Fahrersitz ist leer.

Vanessa springt aus dem Auto, sucht mit weit aufgerissenen Augen hektisch die Umgebung ab.

„Wolfgang, Wolfgang, wo bist du, verdammt wo bist du?"

Ein böses, unnatürlich verzerrtes Lachen echot durch das Tal, laut und immer wieder. Vanessa packt das Grauen. Sie schreit. Ihr Schrei ist markerschütternd. Vanessa bricht zusammen.

Nichts sehen, nichts hören, nichts sagen

Montag nachmittag. Das Skulpturenmuseum bei Copán Ruinas im äußersten Westen von Honduras hat geschlossen. Durch die Oberlichter des Gebäudes fallen Sonnenstrahlen auf den Nachbau des Rosalila-Tempels. Kräftiges rot und weiß, gelb, orange und ein bisschen grün – die Mayas mochten es bunt.

Aus dem Tempel tritt ein vermummter Mann. Seine mausgrauen, brutalen Augen werfen einen abfälligen Blick in die Überwachungskamara. Der Museumswächter in seiner Kabine wendet sich von den Bildschirmen ab. Nichts sehen, nichts hören und vor allem nichts sagen – das ist das Beste hier, denkt Jorge.

Dieser Ort ist gespenstisch. Doch er hat keinen anderen Job bekommen. Immer wieder passiert es, dass vermummte Gestalten aus dem Tempel kommen und auch wieder darin verschwinden, manchmal Tage später. Jorge hat sich schon oft gefragt, wie die aus dem Museum raus und wieder rein kommen. Die Eingänge sind immer schon längst verschlossen, wenn diese gespenstischen Figuren herumwandeln. Belästigt oder gar angegriffen haben sie ihn noch nie; klauen tun die auch nicht.

Ich muss ja nicht alles verstehen, denkt Jorge und schaut noch einmal auf die Bildschirme der Überwachungskamaras. Autozoom, Nahaufnahme: der Museumswächter blickt direkt in die furchtbaren, mausgrauen Augen des Eindringlings. Jorge schaltet die Kamara aus und bekreuzigt sich.

Der Vermummte geht durch den Tunnel, der sich durch das Erdreich zum Ausgang der Museumsanlage schlängelt. Es ist der Ausgang der Zwischenwelt, der Weg zurück in die Welt der Sterblichen. Die Gittertür ist bereits geschlossen. Der Vermummte dematerialisiert sich und schlüpft durch das Gitter.

Er betritt das von der Abendsonne traumhaft schön in Szene gesetzte Ruinenfeld. Fast schon unnatürlich große, knallbunte Papageien umschwirren die mit geheimnisvollen Gesichtern und Symbolen übersäten Maya-Stelen.

Auf dem von uralten Steintribünen eingerahmten Platz, auf dem die Mayas ihre historischen Ballspiele veranstalteten, steht ein Hubschrauber mit sich ganz langsam drehenden Rotorblättern. Der Vermummte erinnert sich, dass bei den Ballspielen der Mayas dem Sieger der Kopf abgeschlagen wurde. Auch er hat noch eine Rechnung offen, die beglichen werden muss.

Die Tür des Hubschraubers steht offen. Drinnen sitzen der Pilot und ein anderer, der dem Piloten eine Knarre an den Kopf hält.
„Gracias", sagt der Vermummte und zum Piloten:
„Nach El Paraíso, Rathaus!"
Der Pilot stammelt:
„Nein."
Sein Nachbar zieht mit der freien Hand ein Messer aus dem Schaft an seinem Gürtel und ritzt dem Piloten mit einer blitzschnellen Bewegung die Backe auf. Ein Rinnsaal Blut läuft dem Piloten das Gesicht hinunter.
„Doch!"

Wie in Zeitlupe hebt sich der Helikopter aus dem antiken Stadion. Der Rotor dröhnt und überzieht die historische Stätte mit aufgewirbelten Staub. Die Papageien verziehen sich hinter die nächste Pyramide und und beobachten aus sicherer Entfernung, wie der seltsame, lärmende Vogel nach und nach kleiner wird und schließlich am Horizont verschwindet.

Der Hubschrauber nähert sich einem kleinen Dorf, das sich in ein lauschiges Tal nahe der guatemaltekischen Grenze kuschelt. Das prächtige Rathaus in der Mitte des Dorfes erinnert mit seinen neoklasszistischen Säulen an das Weiße Haus in Washington; ein unwirklicher amerikanischer Traum im Drogenland. Der Vermummte greift hinter sich und packt eine schwere Schnellfeuerwaffe. Er hält sie dem Piloten an die Schläfe:

„Ansage – kein Fehler!"

Der Pilot gibt über das Bordmikrofon das Kennwort und über sein Smartphone einen weiteren Geheimcode zum Dorfpalast durch. Der Helikopter senkt seine Kufen auf den gelben Kreis in der Mitte des immensen Flachdachs.

Der Vermummte wirft einen sezierenden Blick über das Dach des Rathauses. Er steigt langsam aus, sichert und verschwindet in dem winzigen Penthouse neben der Landefläche. Er kennt den Weg.

Der Bürgermeister blickt in den Lauf der Schnellfeuerwaffe. Mit einer blitzschnellen Bewegung reißt der Eindringling sich die Kapuze vom Kopf. Der Bürgermeister erstarrt. Er taumelt hinter seinem protzigen Schreibtisch gegen die Wand.

„Moncho", stammelt der Stadtobere, „du kannst nicht hier sein! Du bist tot!"

„Lieber Tony", Moncho lacht gehässig und doziert mit kalter Stimme:

„Du bist kein guter Nachfahre der Maya! Sonst wüsstest du, dass es eine Zwischenwelt gibt, in der man es sich als Untoter bequem machen kann. Das Leben als Zombie ist nicht perfekt, aber es kann den Lebenden schaden – wenn sie Schweine sind, Hurensöhne, Verräter wie du!"

Der untote Moncho hebt seine schwere Waffe mit einer bedächtigen Bewegung an und knallt dem konsternierten Bürgermeister eine großkalibrige Kugel in den Schädel. Der

Getroffene fällt wie ein Ketchup-spritzender Punching-Ball in seinen brokatbezogenen Königssessel. Der Untote verzieht keine Miene. Er hängt sich die Waffe um und greift nach einem an der Wand hängenden, mit Diamanten besetzten Schwert. Moncho zieht die Klinge aus der Scheide und trennt dem Schwein mit einem einzigen, ruhigen Hieb seinen zermatschten, über die Rücklehne des Sessels baumelnden Kopf ab. Noch mehr Blut. Der Untote wendet sich angewidert ab und zieht sich die Kapuze über den Kopf.

Der Copilot muss pinkeln. Er raunzt den Piloten an:
„Rühr dich nicht von Fleck, keine Sperenzchen, ich sehe alles!"
Langsam klettert er mit vorgehaltener Waffe rückwärts aus dem Hubschrauber. Er pisst gegen die Landekufen und behält dabei den still dasitzenden Piloten im Blick. Der greift unauffällig zu seinem Handy und gibt eine SMS ein:
„Packt euch den Vermummten bei den Ruinen."
Der Copilot schüttelt ab, zieht seine Waffe wieder aus dem Holster und steigt zurück in den Hubschrauber.

Der vermummte Untote kommt aus dem Penthouse und läuft zum Hubschrauber, springt hinein. Der Helikopter hebt ab und landet kurze Zeit später wieder auf dem Ruinenfeld von Copán. Moncho steigt aus. Er richtet seine schwere Waffe auf den Piloten:
„Du telefonierst zu viel."
Moncho feuert dem Piloten ins Gesicht. Dann rennt er los. Drei voll tätowierte Jugendliche springen hinter den Maya-Stelen hervor; die brutale Mara-Bande verfolgt Moncho mit gezückten Pistolen. Schüsse peitschen durch die Nacht. Die Papageien kreischen. Jorge schreckt in seinem Wächterzimmer hoch. Moncho hetzt durch das Ruinenfeld. Jorge sieht den

Vermummten auf dem Überwachungsmonitor auf den Tunnel zu rennen. Er schaltet den Bildschirm ab. Nichts sehen, nichts hören, nichts sagen.

Es sind noch zehn Meter bis zum Eingang des Tunnels. Eine Kugel trifft Moncho in den Rücken. Er schleppt sich weiter, wird langsamer, bricht zusammen; es bleibt keine Zeit mehr zum Dematerialisieren. Der Weg zurück ins Reich der Untoten ist ihm versperrt – Moncho wird nicht mehr in die Zwischenwelt zurückkehren.

Die Maras lassen den Sterbenden liegen. Sie stürmen in den Raum des Wachmanns. Jorge sieht fassungslos und stumm vor Schreck zu, wie die Jugendlichen mit gezielter Zerstörungswut die Überwachungsmonitore und die Telefonanlage mit schweren Knüppeln völlig zerstören; sie kippen Säure über die technischen Anlagen. Zwei der jungen Männer greifen den Wachmann von hinten und halten ihn fest. Die Maras haben Pranken wie Schraubstöcke. Der dritte packt Jorge bei den Haaren und sticht ihm die Augen aus. Dann schneidet er ihm die Ohren ab und die Zunge aus dem Mund. Endlich gibt er ihm den Gnadenschuss.

Die Jugendlichen konnten nicht wissen, dass Jorge nichts gesehen hat.

Santa Claus

Tegucigalpa, Honduras, 20.12.2019

Podiumsdiskussion im Hotel Plaza Juan Carlos mit Prof. Dr. Claus Newton und Juan Montes, Pastor der Zeugen Christi. Thema: Ist die Welt noch zu retten?

Die Stimme des Professors ist sanft und eindringlich zugleich. Ein wallender, schlohweißer Haarkranz rahmt seinen ansonsten kahlen Schädel ein. Prof. Claus Newton sieht aus wie Einstein mit Glatze. Seine Worte sind richtungsweisend wie die Relativitätstheorie, und skandalös. Newton ist davon überzeugt, dass Überbevölkerung die Mutter aller Probleme dieser Welt ist. Es werde zu eng auf dem Globus; die Grenzen des Wachstums seien erreicht. Empfängnisverhütung und Liberalisierung der Abtreibungsvorschriften seien das Gebot der Stunde; die Pille danach müsse zu Beginn des 21. Jahrhunderts eine Selbstverständlichkeit sein, eine logische und rechtliche Folge der Gleichstellung der Frau. Ein ablehnendes Raunen erfüllt den Raum. Newton lässt sich nicht aus dem Konzept bringen und erläutert mit ruhigen Worten:

„Dies alles, meine Damen und Herren, wird aber längst nicht ausreichen. Wir müssen über eine moderne und zeitgemäß umgesetzte Form der alten chinesischen Ein-Kind-Politik nachdenken. Das ist zugegebener Maßen ein sehr radikales Umdenken, ein Paradigmen-Wechsel sozusagen – doch wir können es schaffen. Einer der Schlüssel ist eine gute Ausbildung aller Frauen."

Der evangelikale Prediger schüttelt wütend den Kopf. Er brüllt mehr als dass er spricht:

„Ihre Theorien, Ihre Vorschläge sind Gotteslästerung!"

Newton quittiert den Ausbruch mit einem überheblichen Lächeln. Doch Montes bekommt Beifall; er legt nach:

„Sie beleidigen die Schöpfung! Sie sind des Teufels!"

Du siehst selber aus wie der Teufel, wie Mephisto mit Brille, denkt der Professor. Mit stiller Abscheu betrachtet er die buschigen Augenbrauen des aufgebrachten Predigers, die ihm über den Gläsern wie verölte Zahnbürsten vom Kopf stehen. Newton stellt sich vor, dass seinem Gegner über den schwarzen Bürsten auch noch Hörner aus dem Kopf wachsen.

Das Publikum ist und bleibt mehrheitlich auf der Seite des Evangelikalen. Unterwürfige Frauen himmeln ihn mit gefalteten Händen an. Selbstgefällige Macho-Typen nicken dem Gottesmann emphatisch zu. Der Professor kriegt keinen Fuß mehr auf den Boden. Auch beim Moderator nicht; der schlägt schließlich vor, die Diskussionsrunde mit einem Gebet zu beenden – für die Familie und für die Welt. Der Pastor bittet um Gottes Segen für die Menschen im Publikum und für den vom Wege der Erleuchtung und des Glaubens abgekommenen Gelehrten. Professor Claus Newton lächelt zum bösen Spiel. Er hat einen Plan B; und der ist schon längst angelaufen.

Die Hotelhalle ist voll von schicken Frauen; glänzende Latina-Mähnen, bunte figurbetonte Kleider, viel Kunstseide. Highheels klackern auf den edlen Fliesen; ein Hauch von Dior, Lagerfeld und Sex liegt in der Luft. Die Blicke der Männer sind eindeutig, sowohl zu den Frauen als auch gegenüber vermeintlichen Konkurrenten. Im Hintergrund Stille Nacht, Heilige Nacht in einer Popversion. Die Weihnachtsfeier des honduranischen Warenhauskönigs war besser besucht als die Diskussionsveranstaltung zur Rettung der Welt.

Professor Newton bahnt sich einen Weg durch das Parfumschwangere Gedränge zum Ausgang. Mit seinem schlohweißen Haarkranz und dem Einstein-Blick würde er im Museum of Modern Art in New York als Szene-Guru durchgehen. Die in der eleganten Lobby aufgestellte Hotelkunst, anthropomorphe Skulpturen aus veredelten Kunststoffen, bemerkt er nicht. Dieser Professor ist aus einer anderen Welt. Er verlässt das Hotel.

Rentiere, Engel und Krippenfiguren in LED, von innen beleuchtete Miniaturhäuschen, Schneemänner, bunte Sterne und immer wieder Santa Claus. Die Statue des General San Martín ist von Weihnachtsmännern quasi umstellt; der kleine Platz vor dem Hotel leuchtet in allen nur erdenklichen, weihnachtlichen Farben. Prof. Claus Newton wandelt mit einem beseelten Lächeln durch das kitschige Farbenmeer. Er freut sich wie ein kleiner Junge über eine Modelleisenbahn, die in einem Glaskasten bei tropischen Tempaturen durch eine Schneelandschaft zuckelt. Schließlich bleibt er vor dem überlebensgroßen Weihnachtsmann neben dem Hotel El General stehen.

Newton taxiert die Umgebung. Nur wenige Leute sind auf der Straße. In einem unbeobachteten Moment öffnet er mit einem flinken Griff den Coca Cola-roten Mantel des milde auf ihn herunter schauenden Santa Claus. Er verschwindet im Inneren der Figur. Der Coca-Cola-Mantel schließt sich wieder, wie von Geisterhand.

Zwei perfekt gestylte, junge Frauen stöckeln über das löchrige Trottoire. Eine ist ganz schön angeschickert; sie hakt sich bei der anderen ein.

„Wie schön, dass du schwanger bist; trinkst nix und bringst mich sicher nach Hause; steht dir gut das kleine Bäuchlein; ich seh' das schon!"

„Auf der Feier hat's keiner bemerkt."

Die andere zieht einen Schmollmund.

„Deine Kurven möchte ich auch haben; da fällt etwas mehr nach vorne echt kaum auf, meine Liebe", sie setzt ihrer Freundin einen Schmatzer auf die Wange.

„Guck mal den coolen Santa Claus da, lass uns ein Foto mit dem machen."

Als die beiden schicken Frauen vor dem Weihnachtsmann stehen, beginnt die Figur sich zu schütteln. Die Frauen weichen erschrocken zur Seite. Der Coca-Cola-rote Mantel fliegt auf; heraus springen drei Männer mit gräßlichen Tatoos in ihren brutalen Gesichtern. Die jungen Frauen erstarren vor Schreck. Blanke Angst zerstört den aus Lidschatten und Kajal gezauberten Glanz ihrer Augen. Einer der drei Maras hat eine blitzende Machete in der Hand und brüllt die eine Frau an:

„Verschwinde, du dreckige Hure, sonst stirbst auch du!"

Die Frau will schreien, doch sie bekommt keinen Ton heraus.

Die beiden anderen der Mara-Bande packen die Schwangere und drehen sie zu den Mann mit der Machete. Der Hotelportier wendet seinen Blick ab und zieht sich in die Lobby zurück. Der Kerl mit der Machete brüllt wie ein Tier und zieht die scharfe Waffe über den Körper der Schwangeren. Einmal, zweimal; die Frau bricht zusammen.

Die andere rettet sich ich die Lobby des Hotels. Ein Weinkrampf lässt sie am ganzen Körper erzittern. Endlich zückt der Portier sein Handy und wählt den Notruf. Die Maras springen zurück in das Innere der Santa Claus-Figur. Lange bevor die Polizei eintrifft, ist die schwer verletzte, bewusstlose Frau verblutet.

Epilog:

Die Blut gewöhnte Tageszeitung La Verdad berichtet am 20.2.2020 unter „Ereignisse" über die Aufklärung einer unheimlichen Frauenmord-Serie:

Perverser Weihnachtsmörder
Gringo-Professor bezahlte die Totmacher. Gedungene Mörder der Mara 13 haben während der Adventszeit in nur 3 Wochen 16 schwangeren Frauen die Bäuche aufgeschlitzt. Der perverse Professor, der die Welt von der Geburtenkontrolle überzeugen wollte, zahlte 1.000 US$ (24.000 Lempira) für jeden der bestialischen Morde. Die Ausgaben setzte er in den USA mit einem Buchhaltungstrick von der Steuer ab – als Entgelt für Dienstleistungen. Der gestörte Professor hat sich eingebildet, Santa Claus zu sein und die Menschheit vor der Überbevölkerung zu retten. Kriminelle Jugendliche der Mara 13 waren seine willfährigen Gehilfen. La Verdad erinnert daran, dass die Maras ihren Ursprung in den USA haben. Lesen Sie unsere Serie zu diesem dramatischen Thema – ab Morgen in La Verdad.

Gebet:

Montes kniet vor dem schlichten Kruzifix in seiner kahlen Kirche. Er dankt dem Herrn, dass der teuflische Newton, dieser den Glauben verachtende Fürsprecher von Pille, Abtreibung und Geburtenkontrolle sich selbst diskreditiert hat.

Mico Malo

Das Einkaufszentrum heißt Plaza Itskatsu. Es liegt in Escazú, einem Vorort von San José. Escazú gilt als die Hexenhauptstadt Costa Ricas, zumindest war das einmal so. Noch vor einem halben Jahrhundert war Escazú ein verschlafenes Dorf. Hier soll es mehr als 50 Hexen und Zauberer gegeben haben, und den bösen Affen Mico Malo. Er greift Leute an, die über Straßen und Brücken gehen, über die sie nicht gehen sollen – so sagt es wenigstens die Legende.

Daniela Mera legt das Buch mit den Legenden aus Costa Rica zur Seite und betrachtet die Asphaltwüste vor dem Einkaufszentrum. Parkbuchten mit ordentlichen, weißen Markierungen, schwere SUVs, aufgemotzte Geländewagen, Familienkutschen und ein paar normale Autos. Hier und da eine müde Palme. Drumherum Geschäftszeilen aus weiß gekälktem Beton mit Ziegeldächern und anderen Stilelementen einer spanischen Hazienda. Da ist wohl kein Platz mehr für die Hexen und all die anderen geheimnisvollen Wesen aus den Legenden.

Das Hotel der Marriott-Kette steht am Rande des Einkaufszentrums. Es hat Autobahnblick. Daniela lässt das Panorama von ihrem Balkon aus eine Weile auf sich wirken. Dann geht sie zurück ins Zimmer und schließt die Tür. Der Lärm der Schnellstraße prallt augenblicklich am Isolierglas der Tür ab. Die Klimaanlage springt an und rauscht – etwas leiser als der Autoverkehr. Pura Vida – das unverfälschte Leben, so heißt das Motto des Landes Costa Rica, denkt Daniela. Die Deutsch-Ecuadorianerin checkt ihre mails. Dann gibt sie ATM und ihren Standort ein. Fehlanzeige. Daniela schüttelt den Kopf. Das ist wirklich wie verhext. Weder im Hotel noch im Einkaufszentrum gibt es einen Geldautomaten.

Doch Google Maps hat wie immer eine Lösung. Direkt hinter der Autobahn liegt ein viel größeres Einkaufszentrum – Multiplaza Escazú, ein Megaeinkaufszentrum. Dort soll es auch Geld aus dem Automaten geben.

Unter der Autobahn führt eine Straße auf die andere Seite. Daniela geht am Straßenrand entlang. Die Straße ist zweispurig und schmal. Von starken Leitplanken geschützt kurven die Autos in einer scharfen Biegung unter der Autobahn durch. Rechts und links der Unterführung sprießt üppige Tropenvegetation. Die Natur kämpft um einen kleinen Rest von Raum, der ihr in der künstlichen Welt aus Beton und Eisen geblieben ist. Ein Kampf zwischen Autos und Pflanzen. Es ist ein Kampf zulasten der Fußgänger: Daniela traut sich nicht, durch diese Unterführung zu gehen. Die enge Fahrbahn ist ihr wegen der unübersichtlichen Kurve zu gefährlich. Jenseits der Leitplanken gibt es kein Durchkommen im wuchernden Tropendickicht. Daniela kehrt um und fragt Google noch einmal. Sie zoomt die Landkarte näher heran – weit und breit keine Unterführung, keine Überführung. Sie wird wohl ein Taxi nehmen müssen für die 200 Meter zum Multiplaza und geht zurück in Richtung Hotel.

Plötzlich entdeckt sie ganz weit hinten eine schrottige Betonkonstruktion, die über die Autobahn führt. Das könnte eine Fußgängerbrücke sein, auch wenn Google Maps das Teil nicht kennt. Daniela macht ameisenhafte Bewegungen aus. Der gammelige Überweg scheint tatsächlich genutzt zu werden. Gut, sparen wir uns das Taxi und machen einen kleinen Spaziergang!

Daniela geht den schmalen, in die Böschung der Schnellstraße eingelassenen Weg entlang. Ein paar Meter entfernt rauscht der Verkehr vorbei, nicht unerträglich laut, doch irgendwie bedrohlich, vielleicht wegen der hohen Geschwindigkeit der Autos, und ihrer Nähe. Daniela hat noch nie einen Autobahnspaziergang gemacht. Ein Erlebnis, sagt sie sich. Doch je länger sie an der Schnellstraße entlanggeht desto bedrückender wird das Erlebnis für sie. Daniela fühlt sich verletzlich und klein, verdammt klein; und sie fühlt sich ohnmächtig. Es ärgert sie, dass es nicht möglich ist, diese paar Schritte dahin zu gehen, wo sie hin möchte. Sie will doch bloß auf die andere Seite dieses eigentlich recht schmalen Betonstreifens.

Sch... sch... schsch... Menschen, klein wie Daniela Mera selbst, schießen in rasenden Kapseln vorbei. Die rasenden Kapseln würden sie auf der Stelle töten, wenn sie diese wenigen, von ihr ersehnten Schritte tun würde. Ein beklemmendes Gefühl. Sch...sch...schsch... Daniela stellt sich vor, eine dieser rasenden Kapseln schießt die Böschung herauf, um sie zu töten ... sch... sch... schsch... Ihr Herz stolpert; ihr bricht der Schweiß aus. Sie will weg von dieser Autobahn, hat Angst, dass die Abgase der rasenden Kapseln ihre Lunge verätzen. Sch... sch... schsch...sie weiß nicht, wie sie möglichst schnell entrinnen kann. Die Böschung ist ihr zu steil. Sch... sch... schsch... besser die schrottige Fußgängerbrücke da vorne und auf der anderen Seite schnell weg von der Autobahn. Das ist nicht mehr weit. Daniela reißt sich zusammen. Sie läuft weiter, so schnell wie das auf dem unbefestigten, schrägen Weg geht.

Daniela hastet die von rostigen Eisengeländern eingefasste Schräge hinauf. Die Geländer geben ihr ein wenig Halt. Sie schnappt nach Luft wie ein Goldfisch beim Landgang. Ihr Herz rast. Sch... sch... schsch... das aggressive Rauschen terrorisiert die Ohren wie ein Tinitus. Die unter ihr vorbeischießenden Kapseln machen Danielas Seele klein. Sch... sch... sch... sie hetzt über die Brücke, kreuzt die Schnellstraße, immer eine

Hand auf dem Geländer. Sch... sch... schsch... die Schräge auf der anderen Seite wieder hinunter. Gleich hat sie es geschafft. Doch die Brücke ist marode. Die ganze Konstruktion schwankt. Das Herz rast schneller, immer unregelmäßiger. Daniela muss weg von dem Rauschen, schnell weg, ganz schnell weg. Es ist heiß, verdammt heiß. Endlich. Sie hat es geschafft; sie ist auf der anderen Seite. Daniela läuft noch ein Stück weiter, überquert eine Straße. Dann blickt sie aus sicherer Entfernung zurück. Sie kneift die Augen zusammen und betrachtet argwöhnisch die schrottige Brücke. Hat das Ding wirklich geschwankt?

Auf dieser Seite der Autobahn stehen moderne Hochhäuser, Betonkonstruktionen, manche mit silbrig glänzenden Fassaden. Eine futuristische Landschaft wie aus einen 50 Jahre alten Science Fiction Film. Daniela ist immer noch verstört. Sie geht etwas unsteten Schrittes über Asphalt und Stein, vorbei an Beton und Stein. Überall Stein, Beton und Asphalt. Sie durchquert eine menschgemachte Wüste, eine geleckte Wüste aus harten geometrischen Formen.

Da vorne ist ein bisschen Grün. Da ist die Straße mit der Unterführung, durch die sie sich nicht getraut hat. Neben der Straße die Relikte des undurchdringlichen Tropendickichts. Und ein riesiges Plakat. Auf dem Plakat turnt ein Affe zwischen den Lianen einer kitschigen Urwalddarstellung. Er beißt mit einem animierenden Lachen in einen riesigen Hamburger, der vor Schmackhaftigkeit trieft. Der Affe macht Werbung. Das ist sicher nicht der böse Mico Malo aus der Legende, und ein richtiger Affe ist das auch nicht. Das ist ein Mensch mit einer Affenmaske, der da mit einem Mordshunger in den Hamburger beißt. Das arg blöde Plakat bringt Daniela zum Lachen und vertreibt ihre Beklemmung – wenigstens ein bisschen.

Etwas weiter links erhebt sich aus der Betonwüste das riesige Multiplaza-Center. Es steht da wie eine gewaltige Festung, wie ein Lego-Bunker in einer Lego-Wüste. Daniela will hinein. Ihre immer noch nervösen Augäpfel streifen über die massive Wand des Multiplaza, suchen nach dem Eingang. Autos gleiten unter sich öffnenden und wieder schließenden Schranken hindurch in den Schlund einer Tiefgarage. Das scheint der einzige Zugang zu sein. Daniela hält sich ganz rechts am Fahrbahnrand und zwängt sich an der Schranke vorbei in das Innere des Schlunds. Dann mischt sie sich unter die Leute, die von ihren geparkten Autos den grünen Pfeilen folgen, die auf den Boden gepinselt sind. Die Pfeile weisen den Weg zum Eingang des eigentlichen Einkaufszentrums.

Die vielen Menschen tun Daniela gut. Das Getriebe und das über und über glänzende Multiplaza lassen sie auf hellere Gedanken kommen und ruhiger werden. Ein bisschen geblendet ist Daniela auch. Die schier unzählbaren Geschäfte sind in schillerndes, fast grelles Licht getaucht. Nicht enden wollende Gänge mit Marmor-glatten Böden. Die Menschen wuseln durch eine glänzende Fußgängerzone ohne Himmel darüber. Das Innere des Bunkers ist eine ganz eigene Welt, eine riesige, künstliche Welt, größer als die meisten anderen Einkaufszentren, die Daniela bisher gesehen hat.

Originell ist diese Bunker-Welt jedoch nicht so wirklich. Trotz aller Größe ist das Ganze für die Deutsch-Ecuatorianerin ein Déjà-vu. Hier sind dieselben Läden wie in Quito oder Berlin, wie in Mönchengladbach oder Tegucigalpa: H&M, Calvin Klein, Hugo Boss, Lacoste, Mango, Nike, Puma, Tommy Hilfiger und Zara. Solange die kommunistische Partei Chinas auf Kapitalismus macht, wird es diese Läden sicher auch in Peking und Shanghai geben. Dafür dürfen wir wohl demnächst mit Alibaba konsumieren. Ein spanisches Sprichwort sagt: El mundo es un pañuelo – die Welt ist ein Taschentuch. Irgendwie langweilig. Früher war die Welt einmal größer, denkt Daniela. Vielleicht wird sogar das Reisen in der schönen, neuen Welt einmal überflüssig, wenn man digital kommunizieren kann, es überall so ähnlich aussieht und man überall dasselbe kaufen kann. Das wäre möglicherweise umweltfreundlicher. In der Welt der Einkaufszentren kommen wir diesem Ziel näher.

Es gibt aber auch ein bisschen was Originelles im Multiplaza-Bunker: ein Laden, in dem ausschließlich Badelatschen aus Plastik angeboten werden. Badelatschen in blau und gelb, in rot, rosa und grün, in Nordsee-Quallen-weiß oder so gold wie ein Ehering.

Aus einem der Mega-Parfum-Stores strömt eine verstörende Geruchswolke. Wer viele, wunderbar leuchtende Farben miteinander mischt, erhält ein dreckiges Grau, denkt Daniela. Ihr tun die Verkäuferinnen leid, die den ganzen Tag in dieser die Lungenflügel verdreckenden Wolke arbeiten müssen.

Eine der Verkäuferinnen starrt sie an. Die Verkäuferin muss sie schon länger angestarrt haben. Daniela Mera hat es gespürt. Der Blick der Verkäuferin ist kalt. Ihr Gesicht ist flach und fahl, so fahl, als hätte sie die Parfumwolke noch nie verlassen. Daniela kennt das fahle Gesicht. Doch woher? Noch ein Déjà-vu, ein beängstigendes Déjà-vu. Sie kennt diese Frau ganz genau. Doch sie kann sich beim besten Willen nicht daran erinnern, woher sie die Verkäuferin kennt. Ihre Gedanken verschwimmen. Das konturlose Gesicht starrt sie immer noch an. Die Frau wird ihr unheimlich. Ihr Blick ist so kalt, dass Daniela fröstelnd zu Boden schaut. Sie spürt, dass sie straucheln wird, wenn sie noch einmal zu der Verkäuferin aufschaut.

Daniela wendet sich ab. Will weitergehen. Doch die Blicke haben sich tief in ihren Rücken gebohrt wie zwei kalte, starre Pfeile. Kein Schmerz; ihr Rücken ist betäubt und gelähmt. Ihr ganzer Körper unbeweglich wie eine aufgespießte Statue. Angststarre. Danielas Atem geht kurz und schwer. Im Hals ein riesiger, kalter Kloß. Die Pfeile biegen sich ganz langsam zur Seite. Sie drehen ihren Körper mit einer gewaltigen Kraft wie in Zeitlupe um 180 Grad.

Daniela blickt in das verzerrte Gesicht eines grinsenden Affen, aufgepropft auf den Körper der Verkäuferin. Mico Malo, der böse Affe!

„Was gaffen Sie mich so an?" sagt die Frau.

Plötzlich hat sie wieder dieses fahle, völlig ausdruckslose Gesicht. Die bekannte Unbekannte.

„Entschuldigung", murmelt Daniela.

Sie dreht sich verstört um. Keine Pfeile im Rücken. Sie geht los, schnellen Schrittes und ohne sich noch einmal umzudrehen, will bloß noch weg hier. Die Angst will nicht weichen.

Da vorne ist ein Geldautomat. Das schaffe ich noch! Daniela reißt sich zusammen. Sie steckt die Kreditkarte in den Schlitz.

„Bitte warten; das System prüft deine Karte."

„Jetzt gebe deine Geheimzahl ein; stelle sicher, dass niemand dich beobachtet."

Daniela gehorcht der fremdartigen Automaten-Stimme des Algorithmus. Der Bildschirm wird grau und vibriert. Ein blendendes, hart weißes Licht flammt auf. Daniela kneift die Augen zu. Das gleißende Licht schimmert durch ihre Augendeckel. Sie wendet sich kurz ab. Die plötzliche Helligkeit lässt nach. Vorsichtig dreht sie ihren Kopf zurück zu dem Bildschirm und öffnet die Augen.

„Out of order."

Von links schiebt sich die Affenmaske von dem Plakat auf den Bildschirm. Mico Malo starrt sie an. Der Affenmensch grinst böse. Er nuschelt mit der verzerrten Stimme des Geldautomaten:

„Danke für deine Karte, danke für deine Geheimnummer."

Ein dreckiges Automatenlachen. Daniela taumelt zurück und rennt los. Raus hier und schnell in ein Taxi. Und dann die Karte sperren.

Im Laufen fingert sie ihr Handy aus der Handtasche. Sie bleibt kurz stehen und öffnet die App von Uber. Das Display flackert. Dann erscheint das Gesicht des Affen von dem Hamburger-Plakat. Der Hamburger verschwimmt, die Zähne des Affen konturieren sich, Blut rinnt aus dem Mund der widerlichen Fratze. Daniela schreit auf und lässt das Handy fallen. Tausend Blicke sind auf sie gerichtet. Jemand bückt sich und gibt ihr das Handy zurück.

„Alles in Ordnung, Señora?"

„Si, si."

Daniela nimmt das Handy an und läuft wieder los. Hatte der hilfsbereite Mann auch ein Affengesicht? Noch immer spürt sie die tausend auf sie gerichteten Augen. Sie schaut nach vorne, nach rechts, nach links. Alle starren sie an, alle haben Affengesichter. Daniela rennt so schnell wie sie kann. Dort vorne geht es in die Tiefgarage. Sie hetzt hindurch.

Draußen kommt ein gewaltiges Tropengewitter nieder. Ein greller Blitz. Für einen Augenaufschlag ist die Multiplaza-Festung in ein unwirkliches, gleißendes Licht getaucht. Kurz darauf ein gewaltiger Donner. Wassermassen fallen vom Himmel als wenn dort oben ein Staudamm gebrochen wäre.

Daniela steht einen Moment unschlüssig im Ausgang der Tiefgarage. Nirgendwo ist ein Taxi zu sehen. In ihrer Tasche vibriert das Handy. Soll sie es herausholen? Die Uber-App? Sie hat Angst vor dem blutigen Affen. Den langen Weg über die marode Fußgängerbrücke? Das schafft sie nicht bei diesem Unwetter. Die Brücke auch nicht. Zurück ins Multiplaza? Sie beobachtet die Menschen in der Tiefgarage. Sie wirken wie graue Schatten, die unwirklich durch das dämmerige Licht schweben.

Daniela muss weg hier. Bleibt nur die gefährliche, kurvige Straße unter der Autobahn. Es ist nicht weit zum Hotel. Das kann sie schaffen. Sie rennt los. In ein paar Sekunden ist sie durchnässt bis auf die Haut. Die Lichter der Autoscheinwerfer tanzen in dem Wasser, das aus dem fast schwarzen Himmel fällt.

Da vorne ist die Unterführung schon. Daniela ist heilfroh, dass sie so gut trainiert ist. Sie rennt weiter. Die große schwarze Fläche dort, das muss das Plakat mit dem Hamburger-Affen sein. Daniela wird unwillkürlich langsamer. Wieder dieses beklemmende Gefühl. Sie muss an dem Plakat vorbei und durch die gefährliche Kurve kommen. Dann hat sie es geschafft.

Der nächste Blitz zerreißt die Wasservorhänge. Daniela schreckt vor der Naturgewalt zurück. Für einen Moment ist die bizarre Werbetafel überdeutlich sichtbar. Der Affenmensch springt aus dem Plakat und verschwindet im Dickicht. Dunkelheit. Der Donner ist so nah, dass er fast das Trommelfell zerfetzt. Dann nur noch Rauschen, das Rauschen der Wassermassen. Keine Autoscheinwerfer. Die Leitplanken schimmern fahl in dem sintflutartigen Regen.

Daniela läuft weiter, so schnell wie das in der Dunkelheit geht. Ganz nah an der Leitplanke entlang. Ein Schimmern hinter der Kurve. Ein markerschütternder, wütender Schrei. Der Affenmensch springt aus dem Dickicht direkt auf sie zu. Von hinten kommt ein Auto. Die Scheinwerfer beleuchten das mit Blut besudelte Gesicht der brüllenden Kreatur. Daniela weicht dem grausigen Affen aus, stolpert auf die Fahrbahn. Der Fahrer des SUV kann nicht mehr bremsen. Sie spürt einen dumpfen Schlag im Rücken. Dann ist alles schwarz. Harter Schnitt.

Daniela schlägt die Augen auf. Sie zittert am ganzen Körper und ist völlig durchgeschwitzt. Das Kleid klebt auf ihrer Haut wie ein nasser Lappen. Das war ein furchtbarer Traum. Die Angst und die tonnenschwer auf ihrer Brust lastende Beklemmung wollen nicht weichen. Zu grässlich, zu hautnah war dieser Traum. Vor dem Balkon ihres Hotelzimmers wütet das Tropengewitter. Das Einkaufszentrum der Plaza Itskatsu verschwindet in dem herunterknallenden Grau des Platzregens. Es dauert eine gefühlte Ewigkeit bis Danielas Atem und ihr Herz sich wieder halbwegs beruhigt haben.

Sie greift nach ihrem Handy auf dem Nachttisch um ihre messages zu checken. Daniela aktiviert die Whatsapp-Funktion. Das Display flackert. Plötzlich leuchtet es in einem grausigen Dunkelrot. Der schaurige Affe erscheint. Aus seinem digitalen Maul trieft Blut über das Display. Daniela schreit wie eine Besessene.

KARFREITAG

Auf dem Panecillo-Berg hinter der Altstadt thront eine 42 Meter hohe Aluminiumfigur, die Jungfrau von Quito. Das monumentale Bildnis hat zwei Gesichter. Betrachtet man die Statue von vorne, tänzelt die Jungfrau an sonnigen Tagen anmutig vor einem strahlend blauen Andenhimmel. Dann zeigt sie ihr schönes Antlitz, das dem berühmten „Gesicht Amerikas" des ecuadorianischen Ausnahmekünstlers Guayasamin nach-empfunden ist. An düsteren, von Wolken verhangenen Tagen wirkt die gewaltige Statue von der Seite beobachtet fast schon abstoßend, ein gefallener Engel, aus dem Himmel verstoßen und zu ewiger Hässlichkeit verdammt. Die silbrig glänzende Statue verkörpert die in Kapitel 12 der Offenbarung des Johan-nes beschriebene Madonna, die einzige geflügelte Jungfrau in der sakralen Kunst. Um ihre Füße schlängelt sich ein Drache, der ihr Kind fressen will. Doch Gott gibt der Jungfrau die zwei Flügel des großen Adlers, mit denen sie vor dem Satan fliehen kann. In der Offenbarung des Johannes gewinnt schließlich das Gute über das Böse.

Antonio Salazar sitzt auf einer Bank vor dem überdimensio-nalen Standbild. Sein Atem geht schwer. Salazar fühlt sich schlecht. Er ringt nach Luft und hat Fieber. Der Arzt hatte ihm eine starke Cortison-Spritze gegeben, und eine Einweisung in die Notaufnahme des Krankenhauses. Doch Salazar hat sich im Treppenhaus versteckt, als der Krankenwagen kam. Dann nahm er ein Taxi zum Panecillo.

Salazar legt den Kopf in den Nacken und betrachtet das Gesicht der riesigen Statue. Das traumschöne Antlitz der Jung-frau mit den unergründlichen Augen fasziniert ihn. Die Krone mit den zwölf Sternen auf dem Haupt der guten Frau gibt ihm Hoffnung. Eine plötzliche, störende Bewegung am unteren Rand seines Blickfeldes. Antonio senkt die Augen, zuckt zurück. Der Drache, der eben noch am Fuß der Statue kauerte, schlängelt sich langsam über das Gewand des Marienbildnisses nach oben. Salazar erstarrt. Das Untier zerbeißt die Kette, mit der die Jungfrau den Dämon in Schach gehalten hatte. Tränen aus Blut treten aus den Augen der Jungfrau und verschandeln ihre Wangen. Sie öffnet ihren sinnlichen Mund und spricht mit einer grotesk verzerrten Computer-Stimme zu Salazar.

Die um die Sehenswürdigkeit herum stehenden Touristen nehmen dieses mysteriöse Geschehen nicht wahr; keinen Angriff des Drachens, kein Blut, keine Computer-Stimme. Sie schießen ihre Fotos von der in der Andensonne glänzenden Statue als sei nichts geschehen.

Salazar hat die grausam entstellten Worte der Jungfrau verstanden. Der Auftrag ist klar. Seine letzten Zweifel sind beseitigt. Antonio betet zu der Blut weinenden Madonna. Er fleht sie an, ihm noch so viel Kraft in seinem todkranken Körper zu belassen, dass er die Mission erfüllen kann. Salazar winkt mit zittriger Hand eins der hinter der Statue wartenden Taxis heran. Er lässt sich auf die Rückbank des Wagens fallen, erschöpft und aufgewühlt zugleich.

„Buenos días, Señor, zur Plaza Grande bitte."

Der Fahrer nickt und brummt:

„A la orden."

Salazar verlässt die Apotheke an der Plaza Grande und lehnt sich entkräftet an eine der Säulen des Arkadengangs vor dem erzbischöflichen Palast. Er reißt hektisch die Schachtel auf und wirft ein Ibuprofen ein, Ibuprofen 800, stärker geht nicht. Antonio will es schaffen; er muss es schaffen, die Prozession und seine Mission.

Die Karfreitags-Prozession der Cucuruchos ist eine feierliche Läuterung der Sünden und der Laster. Die in purpurne Gewänder gehüllten, vermummten Cucuruchos tragen riesige, spitz zulaufende Kapuzen. Es sind hunderte. Sie lassen in den Straßen der Altstadt von Quito das Mittelalter lebendig werden. Die von der spanischen Inquisition Verurteilten wurden öffentlich gedemütigt und mussten die spitzen Kapuzen tragen, um ihre Gesichter zu verbergen. Purpur ist die Farbe der Heiligkeit, aber auch die Farbe der Demut und der Sühne. Die gespenstischen Büßer laufen barfuß. Sie geißeln sich mit Brennnesseln, mit schweren Ketten und riesigen Kreuzen, die sie durch die engen Straßen der Altstadt von Quito über das Pflaster schleifen. Manche tragen echte Dornenkronen; das findet Antonio gut. Andere schmieren sich den nackten Oberkörper mit künstlichem Blut ein; das findet er Scheiße. Heuchler, Show-Futzis, keine echten Büßer. Antonio hasst diese verlogenen Typen; er hasst sie abgrundtief.

Treffpunkt der Cucuruchos ist ein altes Gemäuer in der Nähe der die Altstadt weit überragenden, neogotischen Basilica del Voto Nacional. Salazar quält sich die steil ansteigende Calle García Moreno hoch, vorbei an historischen Fassaden, die er nicht wahrnimmt. Antonio kämpft sich mit gesenktem Kopf weiter, unstet, schwach. Scheiß Lunge; doch er muss es schaffen, auch mit weniger Luft.

Kurz vor dem Treffpunkt kommen ihm Zweifel. Soll er seinen Auftrag wirklich erfüllen? Salazar dreht sich um und schaut die Calle García Moreno hinunter auf den hinter der Altstadt liegenden Panecillo-Hügel mit der Jungfrauenstatue. Das Standbild ist von einem dunkelroten Schleier umgeben. Antonio schließt die Augen. Jetzt ist ihm die Madonna ganz nah, so nah als stünde sie direkt vor ihm. Sie starrt ihn mit blutunterlaufenen Augen an; grausig rote Tränen verschmieren ihre Wangen. Mit schnarrender Stimme wiederholt die Jungfrau den Auftrag. Salazar öffnet die Augen und hält einen Moment inne. Dann betritt er das gedrungene, koloniale Gebäude.

„Wie geht's, Tony?"
„Gut!"
Der niedrige Innenhof des Hauses ist vom Klang gespenstischer Choräle erfüllt. Sein Kumpel Diego schaut ihn zweifelnd an.
„Willst du dieses Jahr nicht besser aussetzen?"
„Nein, mir geht es gut!"
Der Compañero reicht ihm Kutte und Kapuze mit einem zutiefst besorgtem Blick. Salazar stülpt sich das Cucurucho-Kostüm hastig über. Er lehnt sich an die Wand, um die Atemnot und den Schwindel zu überwinden. Ihm bricht der Schweiß aus. Gefühlt hat er mindestens 39 Grad Fieber unter der schweren Kapuze.

Salazar reißt sich zusammen, geht zurück zu der Gruppe seiner Freunde, die sich gerade als Cucuruchos verkleiden. Er nimmt sie nach und nach in den Arm. Dabei zitiert er mit schwacher Stimme düstere Passagen aus der Offenbarung des Johannes. Immer mehr Männer kommen an. Sie drängen sich in dem Versammlungsraum wie die Heringe. Der Saal ist in Zeiten von Corona viel zu klein für diese Masse von Menschen.

Endlich geht die Prozession los. Salazar schleppt sich durch die von Tausenden gesäumten Straßen. Er stützt sich mal auf den einen, mal auf den anderen Compañero, immer wieder auf andere. Kurz hinter ihm ist der mit Blattgold und mit Blumen geschmückte Wagen, auf dem die Figur des Jesus del Gran Poder durch die enge Calle García Moreno gezogen wird. Die Menschen klatschen dem Christusbildnis Beifall wie einem Popstar. Sie applaudieren dem Falschen, denkt Salazar. An diesem Karfreitag wird der Satan gewinnen.

Die Prozession endet an der imposanten Klosterkirche San Francisco. Langsam lösen sich die Menschenmassen auf. Salazar schleppt sich in das von Weihrauch geschwängerte Gotteshaus. Die Kirche beherbergt die historische Vorlage der Statue auf dem Panecillo. Das Original der Jungfrau von Quito wurde im 18. Jahrhundert von Bernardo Legarda erschaffen. Als Schutzpatronin der Stadt hat sie ihren Ehrenplatz in dem mit Blattgold überhäuften Hochaltar.

Antonio ist völlig erschöpft, hustet, japst nach Luft. Er lässt sich in die vorderste Bank sinken und schaut nach oben. Das Gesicht der Jungfrau ist kalkweiß und ausdruckslos, wie eine Maske. Die tänzelnde Gestalt verleiht der Madonna eine unchristliche Leichtigkeit. Ihre Hand ist zart wie die Hand einer Porzellanpuppe. Plötzlich bewegt sich der Arm nach innen, unvermittelt und ruckartig. Die Jungfrau reißt sich die Maske vom Gesicht. Salazar blickt in eine grausig verfaulte Fratze mit toten Augen und einem weit aufgerissenen, leeren Maul. Antonio bricht zusammen. Er sinkt bewusstlos von der Kirchenbank auf den kalten Boden der prachtvollen Kirche.

Einen Tag später. Der behandelnde Arzt der Clínica Santa Bárbara lächelt milde und sagt:
    „Wir haben keinerlei krankhaften Befund festgestellt."
    Salazar schaut den Doktor ungläubig an.
    „Vielleicht hatten Sie sich während der Prozession einfach zu viel zugemutet."

Erst jetzt wird Antonio bewusst, dass er sich wieder völlig normal fühlt; kein Fieber, keine Atemnot, keine Schwäche.

„U...und Co...Corona?", stottert Salazar.

„Sie haben kein Covid, der Test ist negativ."

„Glauben Sie an Wunder, Herr Doktor?"

„Nein, natürlich nicht. Aber wenn Sie glauben, dass Gott Ihnen beigestanden hat, ist das natürlich absolut in Ordnung. Der bedauerliche Schwächeanfall hat sich ja schließlich in einer unserer schönsten Kirche ereignet."

Der Arzt lächelt wieder mild. Antonio schweigt.

„Auf Wiedersehen, Herr Salazar, und bleiben Sie gesund."

Antonio Salazar geht die Calle García Moreno hinunter. Hinter der Altstadt glänzt die Statue der Jungfrau silbrig in der Andensonne. Er passiert die Casa del Artista mit den skurrilen Figuren auf dem Balkon. Ein Stück weiter tritt ein Mönch in einer viel zu weiten, grauen Kutte aus einem der historischen Hauseingänge. Er spricht Antonio an. Der Mönch hat unangenehme eisgraue Augen, doch seine Stimme ist gewinnend:

„Du bist der einzige unter all den Cucuruchos, der tatsächlich bereit war zu büßen, ich gratuliere dir."

Salazar schweigt.

„Und du hast deinen Auftrag erfüllt. Du hast mindestens hundert dieser unwürdigen Kreaturen, vielleicht noch viel mehr mit dem Covid 19 Delta 6-Virus angesteckt. Diese neue Variante ist die bei weitem ansteckendste Variante, die es jemals gegeben hat, und sie ist tödlich."

Der Mönch bleckt seine halb verfaulten Zähne zu einem maliziösen Lächeln und fügt an:

„Sie werden alle sterben!"

„Der Arzt hat gesagt, ich hätte kein Covid."

„Du hattest tödliches Covid 19 Delta 6, mein Bruder. Jetzt hast du die Krankheit nicht mehr. Du bist geheilt."

Salazar starrt den Mönch ungläubig an. Der Geistliche befiehlt mit eindringlicher Stimme:

„Merke dir, mein Bruder, es gibt Wunder – doch nur der Teufel kann Wunder vollbringen!"

Der Mönch greift in seine graue Kutte und holt eine Miniaturstatue der Jungfrau von Quito hervor. Die etwa 6 Zentimeter große Figur ist blutrot eingefärbt. Auf ihrem Umhang prangt in Schwarz 666.

„Halte diese Figur immer in Ehren, mein Bruder und folge ihren Anweisungen. Satan, unser Gebieter wird durch die Jungfrau zu dir sprechen!"

„Aber..."

Bevor Salazar irgendeinen Gedanken in Worte fassen kann, ist der Mönch verschwunden. Antonio betrachtet die Madonna in seiner Hand. Sie fühlt sich kuschelig warm an.

Auf dem Panecillo dreht die Jungfrau von Quito ihr Gesicht gen Westen und lächelt in die blutrot untergehende Sonne.

CORONA FOREVER

Es ist Frühling in Berlin, Corona-Frühling. Die Sonne wirft ein freundliches Licht und etwas Wärme auf die stille, von der Kontaktsperre fast leergefegte Stadt. Der Nerd friert; seine schäbige Erdgeschoßwohnung ist kalt, fußkalt. Er starrt auf den Bildschirm seines MacBook Pro und studiert die interaktiven Infektionszahlen – 278.256 Infektionen in Deutschland, 11.472 Tote.

Der Nerd wünscht seinem Vermieter den Virus an den Hals; das Schwein hat ihm die Miete für dieses scheißkalte Loch in den letzten 5 Jahren um 50% erhöht und einen Tag vor der Mietpreisbremse noch einmal draufgelegt. Der nächste Schritt ist schon angekündigt: Hochpreissanierung mit Umlagen bis zum Anschlag. Robert öffnet sein Facebook-Account und checkt die Gruppen für Immobilien-Investoren. Er will den Schweinegruppen auf den Pelz rücken. Der Nerd wird Mitglied, undercover – es wird Zeit!

Robert schaut vom Bildschirm auf, blinzelt, will einen Blick auf die Straße werfen. Er grabscht nach seiner Brille. Ohne das Ding kann er nur noch bis zum Computer gucken. Alles, was weiter weg ist, verschwimmt ohne die flaschenboden-dicken Gläser in undurchdringlichem Nebel.

Auf dem gegenüberliegenden Trottoir brüllt ein ungepfleg-ter Mann seinen Hund an. Das Tier weicht zurück Der Mann tritt wütend gegen ein Halteverbotsschild. Dann scheucht er die struppige Töle in den nächsten Hauseingang und schließt mit fahrigen Bewegungen die Tür auf. Der Hund huscht hinein, der Mann tappst hinterher, die Tür knallt. Robert grinst. Es ist ein böses Grinsen. Jetzt zeigen die Menschen endlich ihr wahres Gesicht – so sind sie! Der Vater, der sein kleines Kind direkt vor Roberts Fenster anpflaumt, hat die Contenance verloren. Die Mutter keift: „Bist Du eigentlich bescheuert." Der blasse Nerd freut sich. Es stimmt schon, was die immer in den Corona-spezial-Nachrichten sagen: die häusliche Gewalt nimmt zu.

Er hängt sich wieder über den Computer und verliert sich im Rechner. Längst ist der Frühlingstag einer kalten Nacht gewichen. Robert friert jetzt noch mehr in seinem verwaschenen Hoodie. Er zieht sich die Kapuze über den Kopf. Immer wieder fallen ihm die kurzsichtigen Augen zu; dann reißen böse, innere Blitze die Lider wieder nach oben. Das Programm, das er schreibt wird die Welt verändern – mehr noch als der Virus. Die Standuhr, die er von seinem Opa geerbt hat, schlägt scheppernd 12. Der erschöpfte Nerd lehnt sich zurück. Er braucht jetzt etwas Entspannendes, etwas Lustiges – im Internet, wo sonst.

Die Satire-Plattform „Der Postillon" vermeldet, dass die Bundesregierung die Tagesschau und ZDF-Heute mit einem Sendeverbot belegt habe. Die beiden Info-Klassiker würden bis auf weiteres eingestellt, weil sie derart mit Corona-Nachrichten überladen seien, dass sich die Viren durch den Bildschirm auf die Zuschauer übertrügen. Robert lacht hämisch – passt die Satire ... hahaha ...

Der Nerd programmiert weiter. Im Hintergrund läuft eine Doku über die Immobilienhaie. In Berlin-Friedrichshain auf der Rigaer Straße hatte sich eine Mieterin erhängt, weil der Vermieter sie mit verbrecherischen Methoden so lange drangsaliert hat, bis sie es in ihrer Wohnung nicht mehr aushalten konnte. Dann kommen wieder die Nachrichten, Corona-spezial: 284.769

Infektionen in Deutschland, 12.054 Tote. Die Pandemie hat ihren Höhepunkt erreicht, schwafelt der Fatzke vom Robert-Koch-Institut. Da hast du dich verrechnet, du Wichser, denkt Robert.

Der Nerd schreibt weiter an seinem Programm. 2 Uhr 50, er kann nicht mehr. Jetzt streiken die Augen fast völlig. Alles verschwimmt. Er versucht es mit der Brille. Sein Rücken verkrampft. Ein Stich in der Lendengegend, Halswirbel knacken. Robert rappelt sich auf, stapft mit krummem Rücken in der kalten Wohnung auf und ab. Rasendes Kopfweh, doch die innere Stimme schreit ihn an: Weitermachen! Drei Ibuprofen 600. Robert zwingt sich wieder vor den Computer, zermartert sich das schmerzende Nerd-Hirn. Er hängt fest; doch er weiß, dass er ganz kurz vor dem Ziel war.

Noch immer läuft der abgefuckte Lokalsender; 3 Uhr 30, Radio 91.4 spielt das blöde Bankraub-Lied von der Ersten Allgemeinen Verunsicherung: „Das Böse ist immer und überall" – und ich bin einer von denen, die dabei in den Arsch gekniffen sind, denkt Robert. Die Malware, an der er seit zwei Monaten arbeitet, muss jetzt endlich fertig werden. Jetzt oder nie! Langsam schließen sich die Zeitfenster.

7 Uhr 15: Der fahle Schädel des Nerds liegt auf der Tastatur des Computers. Die grellen Strahlen der Morgensonne fallen durch die letzte noch verbliebene Baulücke auf der anderen Straßenseite in die kalte Erdgeschosswohnung und brennen sich durch seine Augenlider. Robert zuckt hoch. Verfluchte Scheiße, das Programm war fertig – doch hat er es gespeichert? Er griffelt fahrig auf dem Trackpad herum. Der Bildschirm flackert auf. Dann erscheint der Horrorclown: grausame Augen mit roten Dreiecken in den Pupillen starren Robert an. Sie glei-

chen dem Virus. Das Programm steht. Robert reißt die Arme hoch; ein heiserer Jubelschrei presst sich aus seiner ausgetrockneten Kehle.

Der Nerd postet den Link an alle 123 Facebook-Gruppen, bei denen er Mitglied ist: Liken und vor allem Teilen ist angesagt. Seine Facebook-Freunde kriegen den Link mit dem Corona-Teufel, denn sie sind keine wirklichen Freunde. Robert hat überhaupt keine Freunde. Er ist sich sicher, dass sein Virusprogramm funktionieren wird; es wird die Krankheit über die Bildschirme auf die Menschen übertragen. In 14 Tagen wird es die ersten Toten geben, die sich über sein Computer-Programm angesteckt heben. Dann hat die Realität die Satire eingeholt.

„Weißt du was, ich komm' mal bei dir vorbei. Dann können wir viel besser sprechen als so am Telefon", sagt Robert schließlich.

Melanie zögert einen Moment. Sie hat das Gefühl, dass die Sache mit dem immer gute Freunde bleiben bei ihrem Ex nicht funktioniert. Robert kann gut zuhören, doch diesmal ist seine Aufmerksamkeit nicht echt. Der hat doch das ganze Telefonat lang nur auf diesen Satz hingearbeitet! Das war wohl doch nicht so eine gute Idee, Trost gerade bei Robert zu suchen.

„Nein, lieber nicht."

„Ich mach' mir Gedanken um dich."

„Das brauchst du nicht."

„Ich mach mir Sorgen um dich."

„Das brauchst du wirklich nicht; mir geht es jetzt schon viel besser."

„Wirklich?"

„Wirklich, Robert."

„Und die Bilder?"

„Die sind jetzt weg."

„Und der Purpurmond?"

„Der ist weg, danke dir."

Melanie beendet das Gespräch.

Ja, sie wollte immer so einen etwas verschrobenen Nerd mit Brille haben, der einfühlsam zuhören kann. Sie kann auch Typen kriegen, die ins Fitnessstudio gehen und eine Model-Figur haben wie sie selbst – in diesem Punkt ist Melanie selbstbewusst, sehr selbstbewusst. Doch sie wollte so einen, der mit einem Hoodie durch die Welt tapert und kurzsichtig in die Sonne blinzelt, so einen wie Robert. Aber die Geschichte hat einfach nicht funktioniert, auch im Bett nicht, wenigstens nicht so richtig.

Melanie fühlt sich furchtbar allein. Nur dieser Scheiß-Purpurmond ist noch bei ihr. Das lüstern grinsende Gestirn lungert am Rande ihres Sichtfeldes herum. Sie reibt sich die Augen. Doch das macht die Sache nur noch schlimmer. Der Mond bildet sich auf ihrer Netzhaut ab, so als habe sie etwas zu Helles angestarrt und dann die Augen geschlossen. Der Mond grinst sie an, nicht in grellem Weiß, er grinst in Purpur, purpur wie die Soutane eines perversen Priesters, der sich an kleinen Jungen vergeht.

Robert starrt auf das verstummte Handy und spürt, dass sich eine latente Spannung in ihm aufbaut. Er lehnt sich zurück, öffnet seine Hose und tippt auf die Fotos-App. Melanie in aufreißender Pose neben der Statue eines griechischen Gottes; Melanie im Tanga, hingegossen vor den Sahara-gleichen Dünen von Maspalomas. Der Schwanz des Nerds kommt in Form. Robert tippt auf das Album mit den heimlich im Spassbad geschossenen Aufnahmen; die nackte Melanie. Etwas verschwommen sind die Bilder, aber wunderschön. Der Nerd legt seine Finger auf den Screen und fokussiert auf ihren Schritt. Er umfasst seinen jetzt stattlichen Schwanz und arbeitet, die kurzsichtigen Augen voll auf den Screen fixiert. Robert atmet schwer. Dann stöhnt er – warme Wichse läuft über die von jetzt auf nun entspannten Finger. Das tat gut. Robert sucht seine Brille und tapert zum Bad.

Melanie zieht alle Vorhänge vor die Fenster ihrer Wohnung. Doch wenn sie die Augen schließt, dann ist der Purpurmond wieder da. Scheiße! Melanie öffnet den Wandschrank und holt die gruselig grüne Flasche mit dem Halbtotenkopf heraus: Absinth Antitoxin, 89,9%. Sie löst 3 Stücke Würfelzucker in einem halbvollen Glas mit kaltem Leitungswasser auf und kippt das Zeug hinein. Das Zuckerwasser verwandelt sich in eine milchige, penetrant nach Fenchel, Anis und Alkohol riechende Brühe. Der Halbtotenkopf auf der Flasche lacht sie aufmunternd an. Melanie nimmt einen kräftigen Schuck. Das hochprozentige Gebräu rinnt wohlig durch ihre Kehle. Für einen kurzen Moment nimmt sie das gesamte Mobilar der Wohnung vor ihren Augen nur noch verschwommen wahr. Sie schließt die Augen. Noch ist er da, der Purpurmond. Doch nach und nach schieben sich immer mehr kuschelige Schleierwolken vor die grinsende Visage. Der Mond verzieht enttäuscht sein Gesicht. Noch ein Schluck mit geschlossenen Augen, und die grüne Fee hat ihr Werk getan. Der Mond ist verschwunden.

Melanie blickt sich im Zimmer um. Ihr Blick ist klar. Sie freut sich über die geschmackvolle Einrichtung ihrer Wohnung. Der grüne Halbtotenkopf auf der Flasche stimmt zu und lädt sie zu einem Absacker ein. Melanies Gedanken sind klar wie ihr Blick. Sie ist zuversichtlich. Übermorgen hat sie einen Termin bei ihrem Therapeuten. Dann wird sie den grinsenden Mond endgültig besiegen.

Bei Robert hat sich die Leere nach dem Onanieren breit gemacht. Er braucht jetzt etwas Ablenkung. Der Nerd logt sich über seinen Tor Browser ein. Dann öffnet er den Icon mit dem Horrorclown. Ein bisschen hacken, ein bisschen manipulieren, das macht Spaß. Fremde mails lesen, fake messages und malware reinspielen; Leute erschrecken und Teufelsfratzen auf die Computer der Opfer schicken. Zack, der Click saß. Robert lächelt wölfisch und genießt.

Am nächsten Abend geht Melanie durch den gelb gekachelten, viel zu niedrigen und immer zugigen Tunnel der U-

Bahn-Station Weberwiese auf den Ausgang zu. Sie steigt die Treppe hoch. Die Karl Marx Allee ist in ein seltsames Licht getaucht. Es sind nur noch wenige Leute auf der Straße. Sie sind arg altmodisch gekleidet, wirken irgendwie aus der Zeit gefallen. Unter den Bäumen des breiten Trottoirs stehen alte Autos, uralte Autos, richtige Oldtimer.

Melanie schüttelt verwundert den Kopf. Sie geht an den Geschäften und Restaurants vorbei. Irgendetwas stimmt hier heute Abend nicht. Ein roter Teppich führt zu dem schicken Eingang des Excelsior. Was? Hotel am Kurfürstendamm? Hier gibt es kein Hotel Excelsior! Kurfürstendamm? Das ist die Karl Marx-Allee! Ein Stück weiter die Blaue Auster und eine Litfasssäule mit halb verblichenen Plakaten. Melanie ist in einen Traum gefallen.

Sie zwickt sich in den Arm. Melanie spürt das Zwicken. Nein, das ist kein Traum, und doch weiß sie genau, dass hier das griechische Restaurant hingehört, nicht die Blaue Auster. Melanie rennt los. Da vorne ist das Kino Kosmos, die Realität; bis dahin muss sie es schaffen. Aus einen der Hauseingänge tritt ein muskelbepackter Security-Mann und stellt sich ihr in den Weg. Melanie weicht dem Gorilla aus. Er brüllt ihr irgendetwas zu, doch sie ist schon an ihm vorbei. Melanie rennt sich die Lunge aus dem Hals. Ihr Herz schlägt wie verrückt. Sie rennt weiter.

Erst kurz vor dem Frankfurter Tor traut sie sich, ihre Schritte nach und nach zu verlangsamen. Sie versucht ihre Atmung unter Kontrolle zu kriegen und mustert verunsichert die Umgebung. Restaurant San Diego, die Galerie am Tor. Melanie ist wieder in der Realität angekommen. Sie bleibt einen Moment stehen und schaut die Frankfurter Allee hinunter. Über der Magistrale steht der grinsende Purpurmond. Melanie zuckt zurück und läuft wieder los, die Blicke auf den Bürgersteig gerichtet. Bloß nicht wieder nach oben schauen, bloß nicht wieder diese furchtbare Mondvisage.

Noch völlig außer Atem und mit zitternden Händen mischt sie den Absinth. Sie spült das trübe, scharfe Zeug in einem Zug hinunter. Der Halbtotenkopf auf der Flasche schenkt ihr ein aufmunterndes Lächeln. Melanie sinkt auf ihr Sofa und schließt erschöpft ihre Augen. Wohlige Dunkelheit; der Mond ist verschwunden.

Eine fahle Glatze, durchdringende Augen, schwarzes Hemd, dunkelgraues, unförmiges Jacket, ein leichter Buckel, schleppender Gang. Dr. Geist erinnert Melanie an Nosferatu. Er spricht sanft wie Klaus Kinski in seiner Paraderolle. Doch das Bedrohliche fehlt dem Therapeuten so ganz. Der wird in der Nacht bestimmt nicht zum Vampir. Und doch traut sie sich erst ganz am Ende der Sitzung, ihrem bezahlten Freund von dem traumatischen Erlebniss auf der Karl Marx-Allee zu berichten.

Dr. Geist lacht: „Wussten Sie nicht, dass auf der Karl Marx-Allee die nächste Staffel von Babylon Berlin gedreht wird?"
Melanie starrt den Therapeuten entgeistert an, in ihren Augen riesige Fragezeichen.
„Die haben die Fassaden und die Reklamen für den Dreh verändert."
Die Fragezeichen in Melanies Augen werden etwas kleiner.
„Dann...", sie stockt einen Moment, „dann war das, was ich gesehen hab', real, das war wirklich so?"
Dr. Geist nickt, es ist ein überzeugendes Nicken. Doch Melanie hakt nach:
„Und der Purpurmond?"
Der Therapeut schaut auf seine Armbanduhr und sagt:

„Über den müssen wir in der nächsten Sitzung noch einmal sprechen."

Der bezahlte Freund ist strikt, die Gesprächstherapie dauert 45 Minuten, niemals mehr. Er schiebt Melanie ein Rezept über den Tisch.

„Davon nehmen Sie bitte morgens und abends eine Tablette", seine sanfte Stimme gewinnt eine ungewohnte Schärfe:

„Keinen Absinth, und auch sonst keinen Alkohol! Das verträgt sich nicht; sie könnten in einer Klinik landen."

Melanie nickt und steckt das Rezept ein.

„Mir geht es schon viel besser." Sie lächelt.

„Das freut mich", Dr. Geist steht auf sagt mit hintergründiger Stimme:

„Auf Wiedersehen".

Mit seiner leicht gebeugten Haltung, seiner dunklen Tracht und dem durchdringenden Blick könnte er tatsächlich ein Phantom der Nacht sein. Ein gutes, ein liebevolles, helfendes Phantom, denkt Melanie. Sie verlässt die Praxis mit einem beschwingten Gefühl. Das mit dem Mond, das hat tatsächlich Zeit bis zur nächsten Therapiesitzung.

Robert drückt sich auf der gegenüberliegenden Straßenseite in einen Hauseingang. Er sieht sie herauskommen. Ihr aufreizender Gang macht ihn geil; ihr selbstbewusstes Lächeln macht ihn wütend. Ihn packt die blanke Wut. Der Nerd reißt sich den Rucksack von der Schulter und holt einen Plastikbeutel mit blutroter Flüssigkeit hervor.

Dr. Geist gibt etwas in sein Handy ein. Er schaut auf und lässt seine Blicke durch das Fenster auf die gegenüberliegenden Gründerzeitfassaden schweifen. Plötzlich sieht er etwas auf sich zukommen.

Der Nerd hat gut gezielt. Der Farbbeutel klatscht mitten auf die Fensterscheibe und platzt auf. Widerlich spritzendes Dunkelrot. Die schwarze Gestalt dahinter reißt die Arme hoch und taumelt zurück. Ein gewaltiger Fleck auf dem Fenster; die eklige Flüssigkeit schliert die Scheibe herunter. Robert stößt ein kehliges Lachen aus. Blut für diesen Psycho-Dracula, der sich mit seinem schizophrenen Seelenaufbau-Geschwätz zwischen ihn und seine große Liebe gestellt hat. Arschloch! Ein hektischer Blick über die Straße – anscheinend hat niemand seinen Wurf bemerkt. Der Nerd zieht seinen Hoody noch tiefer ins Gesicht und tapert an den alten Mietskasernen entlang in Richtung U-Bahn.

Melanie nimmt ihre Tabletten. Heute kein Absinth. Sie sucht den Berliner Rundfunk 91.4. auf ihrem Tablett. 70er Pop, der Stream mit den alten Rock-Schlagern könnte passen für den Rest des Abends. T. Rex, Crimson Moon; die Melodie ist nett. Doch warum muss der Leadsänger Marc Bolan ausgerechnet von einem Purpurmond singen, ihrem Feind.

Melanie ärgert sich und drückt einen anderen Stream: Ostrock. Wieder kommt T. Rex, Crimson Moon. Melanie haut wütend mit dem Finger auf den Screen: Ostrock! Doch der T. Rex-Song spielt weiter. Plötzlich wird es heller in ihrem Zimmer. Es ist ein übernatürliches, gespenstisches Licht. Melanie blickt auf. Hinter ihrem Fenster lauert der Purpurmond. Der Halbtotenkopf lächelt auf seiner Grusel-grünen Flasche. Melanie schließt die Augen. Heute kein Absinth! Doch der Purpurmond bleibt. Marc Bolan singt mit seiner psychedelischen Stimme:

You can mix your martinis
From the blood of the sun

Melanie reißt ihre Augen wieder auf und fingert hektisch auf dem Handy herum. Sie fingert und fingert. Doch nichts läßt sich verändern, nichts, gar nichts. Das Scheiß-Ding lässt sich nicht abstellen. Der T. Rex-Song fängt wieder von vorne an. T. Rex in der Endlosschleife:

Hey little girl you move so fine
All I want to do is melt your mind
Under the crimson moon

Melanie rennt in die Küche, schmeißt das Handy in den Backofen und knallt die Tür zu. Endlich gibt Bolan Ruhe; aus dem Ofen dringt nur noch ein schwaches Wimmern. Zurück im Wohnzimmer grient der Purpurmond durchs Fenster. Gardinen zu. Ihr Herz rast. Bloß nicht an die Absinth Flasche gehen. An Schlafen ist nicht zu denken. Melanie stellt den Fernseher an. Der Bildschirm flackert, ein Testbild aus den 1970er erscheint, und wieder das Lied von T. Rex:

Hey little girl you move so fine
All I want to do is melt your mind…

Melanie drückt auf aus; doch der Fernseher bleibt an. Und wieder haucht Bolans psychedelische Stimme:

You can mix your martinis
From the blood of the sun…

Keine Panik, sagt der Halbtotenkopf auf der Flasche. Melanie wankt zurück in die Küche und lässt mit zitternden Händen kaltes Wasser in ein Glas laufen. Aus dem Backofen kommt ein hämisches Lachen. Die Stimme kann Melanie nicht erkennen, doch sie kommt ihr bekannt vor. Sie läuft zurück ins Wohnzimmer und füllt das Glas mit dem Absinth auf.

Der erste Schluck tut gut. Doch schon wieder fängt das Lied von vorne an. Der Halbtotenkopf schenkt ihr einen wissenden Blick. Melanie schwankt zum Sicherungskasten. Sie fingert panisch an den Schaltern herum. Endlich schafft sie es, einen nach dem anderen nach unten zu drücken. Bolans Gitarre verstummt mit einem Jaulton. Dunkelheit, Ruhe, absolute Ruhe.

Melanie schwindelt immer mehr. Sie tastet sich an den Wänden entlang zurück ins Wohnzimmer. Sie schwankt durch das nächtliche Zwielicht zum Sofa. Melanie lässt sich fallen und verliert das Bewusstsein.

Robert wichst. Auf dem Bildschirm seines Handy ist ein Horrorclown. Dazu singt Marc Bolan von T. Rex:

In the black of the night
I'll hold your lily white hand
Under the crimson moon
Under the crimson moon

Robert kommt.

Berlin Prenzlauer Berg, Ende Oktober 2022. In einer der toten Fensterhöhlen der Ruine an der Greifswalder Straße hängt ein Skelett. Ein kräftiger Bullterrier bleibt wie angewurzelt stehen und knurrt. Benno Brandner zieht kräftig an der Leine des Hundes:

„Komm Kinski, da ist nichts."

Der Kampfhund dreht seinen Kopf zur Seite und fletscht die Zähne. Rechts und links legen sich seine Hauer über die Lefzen unter der blassen, rosafarbenen Schnauze. Eiförmiger Kopf, kalte, völlig ausdruckslose Augen. Kinski könnte einem Gruselfilm mit außerirdischen Wesen entsprungen sein.

„Jetzt mach bloß nicht den Dracula, da ist nichts! Das Skelett haben die wegen dem blöden Halloween-Fest dahin gehängt. Komm jetzt."

Kinski bleibt stur. Er wendet sich dem Knochenmann zu und bellt; es ist ein böses, gieriges Bellen. Brandner pflaumt den Hund an:

„Aus Kinski!"

Kinski gibt klein bei und beruhigt sich.

„Brav Kinski, wir gehen jetzt zum Volkspark. Da kannst du noch ein bisschen spielen."

Brandner marschiert los; Kinski trabt bei Fuß.

Am 2. Advent desselben Jahres berichtet die Kiezzeitung über das plötzliche Verschwinden von Hunden im Volkspark Friedrichshain. Innerhalb von 5 Wochen sind der Polizei 13 Hunde als vermisst gemeldet worden. An Straßenschildern, Bauzäunen und dem schwarzen Brett bei Rewe hängen Zettel mit den Fotos und der Beschreibung der geliebten und plötzlich verschwundenen Vierbeiner. Noch mysteriöser ist, dass oberhalb des Parkteiches nach und nach die Leichen von sieben der gesuchten Hunde gefunden wurden. Bei allen sieben Kadavern fand man Bisswunden am Hals.

Benno Brandner wirft die Zeitung in den Papierkorb und geht zum Volkspark. Er nimmt den Weg über den Märchenbrunnen. Kein Wasser im Brunnen, spärliche Beleuchtung. Der Winter, der Krieg und die Energiekrise reichen sich die Hände. Für die kalte Jahreszeit haben die Figuren aus den Märchen der Gebrüder Grimm ein Mäntelchen bekommen; sie sitzen in Holzkisten bis der Frühling wieder kommt. Brandner macht einen weiten Bogen um die Kisten. Er drückt sich am Rande der Anlage entlang. Ein lautes Scharren in einer der Holzkisten. Brandner beschleunigt seinen Schritt. Ein Klopfen. Ein geknebelter Schrei. Brandner rennt los, vorbei an den Säulen des neobarocken Fantasy-Brunnens.

Ein müder Dreiviertelmond taucht den unbeleuchteten Weg in ein fahles Licht. Stille. Nur das Grundrauschen der großen Stadt, die niemals schläft, dringt aus der Entfernung verhalten in den Park. Brandner verlangsamt seinen Schritt. Kein Blick zurück. Nichts passiert.

Benno Brandner kennt seinen Weg. Er hält sich rechts, weit rechts des künstlich angelegten Teichs. Routiniert weicht er am Fuß des größeren der beiden Bunkerberge von dem für die Spaziergänger angelegten Weg ab. Er nimmt den direkten Weg nach oben. Brandner weiß, an welcher Stelle der von der Stadtverwaltung aufgestellte Zaun eine Lücke hat. Der Zaun soll die Menschen davon abhalten, in der Natur herumzutrampeln. Brandner mag diese erst vor kurzem installierte Barriere. Der Zaun schützt nicht nur die Vegetation, er schützt auch Kinskis Refugium.

Der Hund liegt auf einem Bett aus Tannenzweigen. Schritte. Kinski spitzt die Ohren. Der Bullterrier erkennt sein Herrchen, springt auf, tänzelt vor Brandner herum und reckt ihm sein blutverschmiertes Maul entgegen.

„Sitz Kinski; versau mir nicht meine Klamotten."

Kinski wedelt mit dem Schwanz und gehorcht.

„Hast du Spaß gehabt, Kinski?"

Treuer Blick; ein ganz leises, zufriedenes Wuff.

Benno holt einen Lappen aus seinem Rucksack und wischt dem Kampfhund liebevoll das Blut von der Schnauze. Dann räumt er die Tannenzweige zur Seite, zieht einen kleinen Spaten aus dem Rucksack und schaufelt die weiche Erde zur Seite. Im fahlen Mondlicht kommt ein reich verzierter Holzdeckel zum Vorschein. Brandner öffnet den Kindersarg.

„Möchtest du jetzt schlafen?"

Brandner zeigt auf die geöffnete Kiste. Kinski springt hinein. Der Hund mag die weiche, dunkelrote Seide. Benno streichelt den im Halbdunkel des Waldes weiß schimmernden, eiförmigen Kopf des Bullterriers. Dann schließt er den Sarg, schaufelt die Erde zurück und legt die Tannenzweige an ihren angestammten Platz. Das Versteck ist gut. So Gott und der Teufel es wollen, wird es niemand entdecken.

3. Advent. Aus der BILD am Sonntag trieft wieder einmal das Blut. Riesige schwarze Buchstaben:

PANIK – VAMPIRHUNDE IN BERLIN.

Tragisches Opfer ist Herbert M. (77). Der am Hals blutende Rentner wurde beim Ententeich im Volkspark Friedrichshain von einer Gruppe Jugendlicher aufgefunden und schwerverletzt ins Klinikum Friedrichshain gebracht. BILD erfuhr aus zuverlässiger Quelle, dass M. im Krankenwagen von einem tollwütigen, weißen Hund sprach. Dann fiel das Opfer wieder ins Koma. Die Ärzte kämpfen um das Leben des Rentners. M soll auf einer Isolierstation liegen. Die Klinikleitung wollte dies weder bestätigen noch dementieren. Sie verweist auf die laufenden Ermittlungen der Polizei. Der Volkspark wird seit dem Vorfall auch in der Nacht durch Streifengänge der Sicherheitskräfte geschützt.

Benno feuert die Zeitung in den Papierkorb und macht sich auf den Weg. Er meidet die Gegend um den Teich und achtet darauf, von niemand gesehen zu werden. Gott sei Dank liegt die Lücke im Zaun auf der anderen Seite des Bunkerberges.

Brandner öffnet das Grab und wirft Kinski ein rohes, bluttriefendes Steak hinein.

„Die Leute denken, dass du einen Rentner angefallen hast. Besser du isst jetzt was und bleibst für heute in deinem Bett!"

Der Hund ignoriert das Steak und springt aus dem Grab. Er zappelt herum und kratzt seinem Herrchen mit seinen spitzen Krallen die Hand auf. Blut quillt aus der Wunde über Brandners Handrücken.

„Scheiße! Aua! Aus, Kinski, aus!!!"

Der Hund hampelt weiter vor seinem Grab herum. Ein greller Vollmond beleuchtet die bizarre Szene. Brandner streichelt den nervösen Kampfhund und redet auf das Tier ein:

„Heute ist unser Freund da, der Mond, ganz groß und voll und rund."

Mit einem liebevollen, aber sehr bestimmten Griff dreht er den Eierkopf des Kampfhundes zum nächtlichen Himmel. Kinski beruhigt sich etwas und starrt den Mond an. Mit einer flinken Bewegung holt Benno die kleine Spritze mit dem starken Schlafmittel aus seinem Parka und drückt sie dem Hund blitzschnell in den oberen Vorderlauf. Das Tier zuckt kurz und zieht die Pfote zur Seite. Dann widmet es sich wieder dem Mond.

Auch Brandner betrachtet jetzt den Mond. Benno ist traurig, sehr traurig. Der Hund scheint das zu merken. Er rückt näher an sein Herrchen heran und ist plötzlich ganz ruhig. Nach einer Weile werden Kinskis Augen müde, seine Läufe werden schwer. Er lehnt sich an den neben dem Grab hockenden Brandner. Kinski dreht den Kopf zur Seite und schaut sein Herrchen an. Treue, unendlich müde Hundeaugen. Benno hält die Tränen zurück und schließt die Augen. Der Körper des muskulösen Hundes wird schwer, schwerer und entspannt sich.

Brandner legt das Tier in den Sarg. Er dreht Kinski auf den Rücken und streichelt ihn noch einmal. Dann öffnet er seinen Rucksack. Brandner holt einen kleinen, zugespitzten Holzpfahl und einen Hammer heraus. Er setzt die Spitze des Holzes auf die Brust des Tieres und hält inne. Schließlich reißt er sich zusammen und murmelt:

„Wir sehen uns in der Anderswelt."

Dann schlägt er Kinski den Pfahl mit einem einzigen, brutalen Schlag ins Herz. Brandner klappt den Sargdeckel zu und sichert die Ruhestätte mit einem Kruzifix und mit Knoblauchzehen. Er schaufelt das Grab wieder zu und legt die Tannenzweige an ihren Ort. Das alles geschieht wie in Trance, als ob er ein Roboter wäre. Brandner greift in seinen Rucksack, holt eine Mullbinde heraus und versorgt die blutende Hand. Danach geht er zwei Schritte zurück und setzt sich vor das Grab. Jetzt kann Benno die Tränen nicht mehr halten. Hinter dem Gewirr der kahlen Äste spendet der Mond dem Trauernden ein von nächtlichen Schleierwolken feierlich gedämpftes Licht.

Brandner verlässt den Volkspark erst zwei Stunden später, sorgsam bedacht, keinem der Streife gehenden Polizisten zu begegnen. Im Hally Gally auf der Hufelandstraße ist nicht mehr viel los, doch die Kiezkneipe ist noch auf. Benno betritt den alkoholgeschwängerten Laden und setzt sich an die Theke. Drei Besoffene lallen am Ecktisch. Der Wirt wendet sich dem neuen Gast zu und fragt:

„Molle und Korn?"

Brandner starrt den Wirt an, eine gefühlte Ewigkeit. Der Wirt ist verunsichert und blickt nach unten. Als er wieder aufschaut, öffnet Benno Brandner den Mund und zeigt seine spitzen, blutigen Zähne.

BECKMANNS ABSCHIED

Spätnachmittag im Volkspark Friedrichshain in Berlin. Es ist Herbst. Für November eigentlich zu warm. Sie gehen spazieren. Die Tage sind kurz; längst schon hat die Dämmerung eingesetzt. Gerald Beckmann ist abwesend, wie weggetreten.

„Was ist los mit dir?" fragt Andrea.

„Nichts."

Sie betrachtet ihn eine Zeitlang aufmerksam von der Seite. Seine Blicke verlieren sich zwischen Bäumen und Gestrüpp am Wegesrand. Er scheint sie überhaupt nicht wahrzunehmen.

Ein alter Mann führt seinen Jagdhund aus. Kein schöner Jagdhund, ein räudiges Vieh mit einem Fell, aus dem die Läuse einen gleichsam anspringen. Die hässliche Töle zerrt an ihrer Leine und knurrt Beckmann an. Von Andrea nimmt der Hund keine Notiz. Der Schriftsteller zuckt zurück.

„Warum knurren die immer nur dich an, Gerald?"

„Keine Ahnung."

„Vielleicht merken die, dass ich eine große Tierfreundin bin." Sie lächelt ein wenig selbstgefällig. „Hm…"

„Du bist so abwesend, als ob ich gar nicht da wäre."

„Hm…"

„Ist dir der Mönch wieder erschienen?"

„Ja."

„Dieser Geist mit den eisgrauen Augen?"

„Das ist kein Geist!"

„Nimmst du deine Tabletten eigentlich noch?"

„Dr. Geist hat gesagt, wir müssen jetzt ran mit dem Ausschleichen. Ich kann nicht mein Leben lang so ein Hammer-Psychopharmakon nehmen."

„Der hat schon den richtigen Namen, dein komischer Psychiater. Dr. Geist!

„Das ist kein Psychiater, das ist ein Therapeut!"

„Ja ich weiß, dein bezahlter Freund. Von mir aus Therapeut, umso seltsamer, der Typ!"

„Nicht nur Dr. Geist, auch ein guter Freund hat mir geraten, mit dem Haldol aufzuhören."

„Welcher Freund?"

„Da möchte ich jetzt nicht drüber reden."

„Ein Freund aus der Klinik?"

„Ach, hör doch auf, Andrea."

Beckmann starrt in den herbstlichen Wald.

Der Abendhimmel steht in blutroten Flammen hinter den fast kahlen Ästen der Bäume. Dazwischen die unwirklich schimmernde Kugel des Fernsehturms am Alexanderplatz. Irgendwie bedrohlich, dieses Szenario. Beckmann bleibt stehen und dreht ängstlich den Kopf zur Seite. Am Rande seines Sichtfeldes huscht ein Schatten durch das Dämmerlicht. Beckmann spürt die negative Energie. Sie zieht ihm den Brustkorb zusammen. Andrea sagt:

„Ist das nicht eine wunderbare, total außergewöhnliche Abendstimmung."

„Außergewöhnlich, ja – wie in einem Gruselfilm, in dem gleich die Außerirdischen landen."

„Ach du mit deinen Außerirdischen."

Die Schattenmenschen zucken im Halbdunkel durch das Gestrüpp, mal hier mal dort. Der eben noch brennend rote Abendhimmel changiert zu einem blutleeren, kranken Violett. Auf der Kugel des Fernsehturms erscheint ein Kreuz. Beckmann kneift die Augen zusammen, um das Bild besser zu erkennen. Die Kugel zoomt heran. Es ist ein christliches Kreuz. Das Gesicht des Messias kommt geradewegs auf Beckmann zu und starrt ihn aus eisgrauen Augen an. Beckmann taumelt zurück. Andrea versucht ihn zu stützen.

„Ich muss mich einen Moment setzen." Sein Blick ist auf den Boden gerichtet.

„Was ist los?"

„Lass uns einen Moment ausruhen und hinsetzen."

Andrea Beckmann traut sich nicht zu fragen, ob der Mönch wieder da war. Sie nimmt ihren Mann bei der Hand und führt ihn zu einem kleinen Mäuerchen am Rand des Weges. Seine Augen bleiben auf den Boden gerichtet. Im Dickicht knurrt ein Hund. Beckmann will aufspringen. Andrea hält ihn zurück.

„Der Hund!"

„Welcher Hund?", fragt sie konsterniert.

Beckmann schweigt. Nach einer Weile steht er auf. Das unwirkliche Abendrot ist nächtlichem Grau gewichen. Sie machen sich schweigend auf den Weg nach Hause.

Der November ist ein stiller Monat. Noch hat die Vorweihnachtszeit nicht begonnen. Die Straßen sind ziemlich leer. Graue Nebelschwaden wabern an den mal monumentalen, mal verspielt gestalteten Fassaden der Zuckerbäckerbauten entlang. In einem Fenster im ersten Stock eines der Häuser am Weidenweg leuchtet ein weiß-violetter Lumibär im XL-Format. Beckmann bleibt stehen und starrt den übergroßen Plastikbären an. Der Bauch und die Nase des Lumibären strahlen in einem unkörperlichen Weiß; seine Ohren sind tiefviolett. Hinter ihm eine mattgelbe Rauchertapete und die fahlen Blätter einer kranken Zimmerpflanze. Der fremdartige Lumibär zieht Beckmann an. Er bleibt stehen.

Unter dem Fenster liegt die offen stehende Eingangstür, die in den Durchgang zum Hinterhof führt. Eine Tür, die sonst niemals geöffnet ist. Der Lumibär lächelt.

„Ich möchte mir mal den Hinterhof ansehen; da kommt man sonst nicht hinein."

„Muss das denn jetzt sein?"

„Schau mal, da vorne ist eine der Bänke, die sie letztens hier aufgestellt haben. Wenn du nicht mit in den Hinterhof möchtest, setz dich doch einen Moment dort hin und rauch' dir eine."

„Ja, ist ok", seufzt Andrea, „aber bleib' nicht so lange."

„Versprochen."

Beckmann glaubt ein zustimmendes Nicken des Lumibären wahrzunehmen.

Andrea drückt die Zigarette aus und schaut auf die Uhr. 5 Minuten will sie ihrem Mann noch geben. Dann geht sie zu der immer noch offenstehenden Eingangstür. Der Lumibär ist verschwunden. Andrea will da nicht hinein. Sie wartet. Plötzlich nimmt sie einen Schatten war. Sie erkennt im nebligen Halbdunkel, dass es ein Mann mit einem langen Mantel oder einer Kutte ist. Der Mann kommt langsam auf sie zu. Seine Gestalt konturiert sich, sein Blick ist auf den Boden gerichtet, das Gesicht durch eine nach unten gezogene Kapuze verdeckt. Der Mönch hat einen eigenartigen Gang; ein eigenartiger Gang, der ihr bekannt vorkommt. So bewegt sich ihr Mann. Sie geht einen Schritt zur Seite. Die Gestalt drückt sich an ihr vorbei auf die Straße.

Sie ruft ihm hinterher:

„Gerald?!"

Der Mönch dreht sich zu ihr um und hebt den Kopf. Licht fällt auf das Gesicht unter der Kapuze; Beckmann starrt sie mit eisgrauen, kalten Augen an.

Epilog

Dr. Geist weiss, dass die Wahnvorstellungen seines Patienten zu stark sind. Bei Beckmann muss der Psychotherapeuth die Notbremse ziehen. Stationäre Behandlung! Der Schriftsteller starrt ihn mit eisgrauen Augen an, doch er scheint zuzustimmen.

„Sie gehen freiwillig in eine psychiatrische Klinik?"

Ein unergründlicher, böser Blick; dazu ein freundliches Lächeln.

„Ja."

„Ich freue mich, dass Sie mir vertrauen und eingesehen haben, dass die Psychopharmaka und das Schreiben der in Ihnen ruhenden Horror-Geschichten Sie alleine nicht von dem schrecklichen Mönch befreien können."

Der Therapeuth verabschiedet Beckmann mit einer Geste der Erleichterung.

Im Treppenhaus tritt der Mönch aus Beckmann heraus und nimmt den Schriftsteller in den Arm. Er klopft ihm anerkennend auf die Schultern und sagt:

„In der Anstalt werden wir zu nutzen wissen, dass ich kein Wahnbild bin."

Dann verlassen sie gemeinsam den Altbau und treten auf die Straße.

Dr. Geist schaut aus dem Fenster. Er sieht, dass sein Patient in Begleitung eines Mannes ist, der eine Kutte trägt.

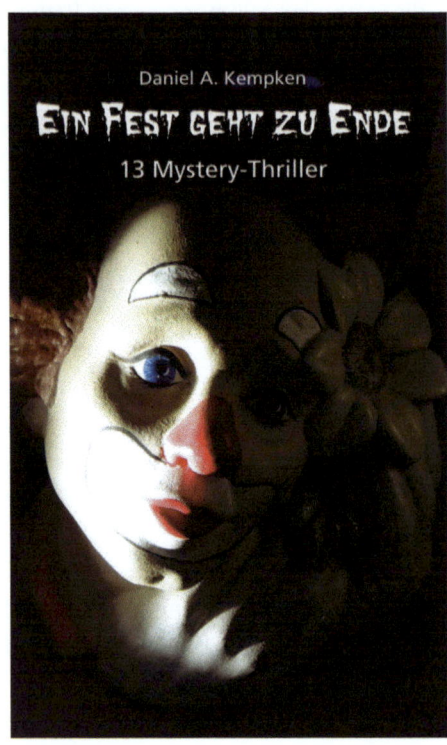

Daniel A. Kempken,
Ein Fest geht zu Ende
kart., 88 S., 4,90 €
ISBN: 978-3749467105
Books on Demand

Der Schriftsteller Gerald Beckmann hat eine Zeit lang in dem Künstlerdorf Guápulo am Rande der ecuadorianischen Hauptstadt Quito gelebt. Das Örtchen kuschelt sich malerisch an einen Steilhang und hat eine coole Szene.

Doch wenn des Nachts die dichten Nebelschwaden durch die engen Gassen ziehen, kommen dem Schriftsteller gruselige Gedanken, in denen der Tod hinterhältig um die Ecke grinst. Lassen Sie sich überraschen von den fatalen Ideen, auf die der Sensenmann und seine sterblichen Komplizen gekommen sind.